영리

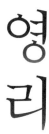

영리

影裏

그림자의 뒤편

누마타 신스케 소설

손정임 옮김

1

여름 들풀이 기세 좋게 우거진 강변 오솔길. 한 걸음씩 발을 내디딜 때마다 뾰족한 풀잎이 다리에 부딪힌다. 꽤 멀리 떨어진 데서도 분명하게 보일 만큼 크고 둥근 거미집이 키 큰 풀꽃 사이에서 반짝인다.

한참 가니 그 길이 탁 트여 있다. 저 앞쪽 덤불 그늘에 잿빛을 띤 물참나무의 껍질이 보인다.

그런데 그 물참나무가 강줄기의 오른쪽 기슭에 펼쳐진 잡목 숲에서 제방 쪽으로 길을 가로질러 비스듬히 쓰러져 있는 것이다. 게다가 난감하게도 엄청나게 큰 거목이다. 여기서 나무를 타고 넘어가야 목적지에 도착할 수 있다.

최근 들어 나는 그야말로 짬만 나면 무조건 이곳 오이데 강에 낚시를 하러 왔다. 어제는 토요일인데도 갑자기 거래처 미팅이 잡히는 바람에 시내에 있는 거래처 병원 의국에서 약품 얘기만 하며 오전 시간을 다 보냈다. 오후는 오후대로, 극장가를 돌아다니다가 역 앞에 있는 메밀국수 가게에서 닭메밀국수를 먹고 나니 시간이 빠르게 지났다. 집에 가니 하늘에는 벌써 보랏빛 구름이 가득 떠다니며 저녁 경치를 그려 낼 채비를 하고 있었다. 그래도 오후 5시를 알리는 시보가 흐를 무렵에는 나는 벌써 이 강가의 풀숲에 서서 미끼통에서 큼직한 유리나방 고치를 꺼내 가르고 있었다.

이와테[岩手]* 지역은 정말 나무가 많다는 사실을 여름이 오고 나서 새삼 실감한다. 물론 이곳으로 이사 오기 전부터 예감은 했다. 인터넷 위성 사진으로 이와테뿐 아니라 도호쿠[東北]** 지방 전역의 지표면을 빼곡히 메운 그 짙은 초록빛 화상을 보는 것만으로 충분히 알 수 있었다.

아무튼 산도 많고 강도 많다. 그만큼 삼림 밀도가 높아서 어디나 생명의 기운이 가득 차 있다.

낚시를 하러 강변이나 계곡의 산간 도로를 돌아다니다 보면 낚시 자체에 싫증이 날 때도 있다. 그러나 조금만 시선을 돌리면, 건너편 기슭의 커다란 개굴피나무 가지 끝에 코발트블루 빛 작은 새가 보일 때도 있고, 수풀 속 나무 그늘의 잡초 사이에서 나온 유혈목이가 간교한 꾀를 짜내기라도 하듯 작고 미끈한 대가리를 처들고 물가를 사색하며 배회하는 것이 눈에 띄기도 했다. 문득 서늘한 기운을 느끼고 고개를 들다가 강가 큰길에 말라 죽은 나무처럼 솟은 전신주 위에 시커멓게 웅크린 검독수리와 내 시선이 마주치기도 했다.

그런데 이날은 어찌 된 셈인지 평소보다 훨씬 햇살이 강해서 오전 중인데도 벌써 기온이 꽤 높았다. 북위 39도에 위치한 이 지역도 역시 8월인지라 덥다. 그런데도 이날

* 일본 열도의 가장 큰 섬인 혼슈[本州] 북동부 지방에 있는 현(県).
** 일본 혼슈의 동북부 지방. 2011년 동일본대지진으로 피해를 입은 후쿠시마 현, 이와테 현, 미야기 현을 비롯해 총 여섯 개 지역을 가리킨다.

은 특히나 더웠다. 친구인 히아사는 나보다 반걸음 처져서 따라 걸으며 뭔가를 볼 때마다 오길 잘했다고 중얼거리며 발걸음을 멈췄다.

뒤로 손을 뻗어 히아사에게 물통을 건네자, 고개를 젖히고 맛있게 물을 마셨다. 히아사는 무거운 눈꺼풀을 더 가늘게 뜨고, 손등으로 입술을 닦더니 눈썹에 맺힌 땀방울을 손가락 끝으로 닦아 허공에 털었다. 어젯밤 마신 술이 아직 피부 밑에 남아 있는지 막 닦아 놓은 총신처럼 목 언저리가 기름기로 번들거렸다.

강이 완만히 굽어지면서 제방 전체가 양 기슭의 삼나무와 편백나무 그림자로 푸르게 비치는 곳에 다다랐다. 그곳은 마치 온종일 햇빛이 닿지 않는 정원 구석 같은 곳이었다. 풀꽃과 나무가 지금까지 본 것보다 적고, 가냘픈 것들이 더 많이 보인다. 여린 잎사귀의 테두리가 살짝 비친다. 어느 것이나 여러 해 동안 자외선을 피해 왔던 노력이 보상을 받은 듯 온몸에 선명한 초록빛 윤기를 휘감고 스스로 만족하고 있다. 목적지인 낚시 포인트로 흐르는 강물의 하얀 물보라가 이제 곧 보이겠다 싶어 시선을 준 곳에, 길을 가로막기라도 하듯 나무가 쓰러져 있었다.

"물참나무야, 곤노! 물참나무라고."

등굣길에 죽은 비둘기라도 발견한 꼬마 아이처럼 히아사가 외쳤다. 물참나무는 잎에 특색이 있는 나무라서 나도 바로 알 수 있었다. 그런데 주위에는 훨씬 약하고 호리호리한 나무들이 쓰러지지 않고 무사히 서 있었다. 하필이면 이런 거목만 쓰러진 것이 나로서는 이해하기가 어려웠다. 이 강에는 빈번히, 아니 사실 어제도 낚시를 하러 왔지만, 최근에는 줄곧 상류를 기점으로 해서 거기서부터 낚시를 하며 올라가는 일이 많았다. 생각해 보니 이 유역에서 낚시를 한 지도 열흘이 넘었다.

"8월 중순께에 폭우가 엄청나게 쏟아졌던 날이 있었어."

"그래? 비가 많이 오기는 했지."

납득이 가지 않은 채 심드렁하게 대답하자, 히아사는 발끈하며 깊이 팬 뿌리 쪽의 흙을 가리키면서 이건 일종의 산사태라고 강조했다.

"이렇게 작은 하천은 지반이 의외로 약하거든."

히아사는 그렇게 말하더니 쓰러진 나무에 올라타고는

내 낚시조끼에 달아 놓은 줄자를 한껏 늘려 줄기에 감았다. 굵기가 대략 90센티도 넘었다.

"음, 훌륭해."

반쯤 넋이 나간 것처럼 눈썹을 올리고 무미건조한 어조로 무슨 말인가 중얼중얼하더니, 금세 말이 없어졌다. 쉽게 벗겨질 것처럼 갈라진 나무껍질을 쓰다듬으며 줄기 윗부분에서 아랫부분까지 차례로 귀를 갖다 댔다. 싫증도 내지 않고 이 작업에 몰두하고 있는 것 같았다. 나는 무료한 시간을 주체하지 못해 휴대전화 카메라로 나무 의사 같은 친구의 모습을 찍었다. 나중에 동영상을 확인하니 의사라기보다는 죽인 포획물의 맥을 확인하는 사냥꾼의 모습 같았다.

원래 히아사라는 친구는 어떠한 종류의 것이든 뭔가 큰 것이 붕괴되는 모습을 보면 좋아하고 쉽게 감동하는 인물이었다. 재작년 10월, 그러니까 내가 발령을 받고 본사에서 지금 회사로 온 직후, 아마 첫 번째 주말이었을 것이다. 부서 전체 회식이 열렸을 때에도, 히아사는 당시 큰 이슈였던 미국 대형 투자은행의 파산에 대해 묘한 슬픔을 품고 이야기를 했다. 그 후에 히아사를 본 것은 그해 연말, 한창 바쁠 시기였다. 우리 회사는 의료용 약품을 취급하는데 그해 겨울에는 독감이 유행하는 바람에 특히 바빴다. 바쁜 상황이 겨우 마무리되어 가던 어느 늦은 오후에, 작성한 전표 다발을 물류과로 가져다주러 가던 길에 연결 통로에서 히아사를 보았다. 말이 통로이지 자판기나 철제 의자도 있어서 직원 휴게실도 겸하는 넓은 복도인데, 히아사는 창가에 의자를 당겨 놓고 정작 앉지는 않은 채 의자 위에 캔 커피를 올려놓고 서 있었다. 그림 속 인물처럼 미동도 하지 않고, 그저 말없이, 아마도 시선을 압도하는 겨울 낙조를 응시하고 있는 듯했다. 내게는 그렇게 보였다.

무슨 얘기를 했는지, 처음 나누었던 대화 내용은 물론이고 그 느낌조차 잊었다. 그러나 그날을 계기로 서로 말을 섞는 사이가 된 것은 분명하다. 실제로 해가 바뀌고 정초에는 히아사가 정말 갑작스럽게 모리오카 시[盛岡市]* 교외에

* 이와테 현의 현청 소재지.

있는 우리 집에 '와시오노[鷲の尾]'라는 청주 됫병을 들고 나타났다. 그러면서 작년에는 1년 내내 함께 낚시도 다니고 산나물도 캐고 단풍철에는 게토[夏油] 온천 방면으로 드라이브도 가면서 정말 잘 놀러 다녔다. 둘 다 청주를 좋아해서 차게 마신다. 주량이 거의 비슷하기도 해서 허물없이 친해질 수 있었다.

하지만 그렇게 친하게 지내는 동안에도, 히아사의 성향, 그러니까 어떤 거대한 것의 붕괴에 도취하는 경향은 전혀 약해질 낌새가 보이지 않았다. 일상생활에서 보고 듣는 모든 상실의 형태에, 히아사는 순순히 반응하고는 일일이 감동했다. 그것이 일종의 장대한 사물에 한정되는 점이 나는 왠지 좋았다. 화재 하나만 보더라도, 한두 채의 집을 전소시킬 만한 화재에는 냉담하리만큼 무관심했지만 수백 헥타르의 땅을 다 태워 버리는 대규모 산불이라도 날라치면 완전히 다른 반응을 보였다. 불길이 잡혔다는 소식이 발표되면 화재 현장을 보러 차로 달려갔다. 어떤 일에 대해 공감이 아닌 감명을 받는 그런 신경을 지닌 사람인 거라고, 나는 내심 단정하며 재미있어했다.

막상 목적지인 낚시 장소에 겨우 도착해서도, 머리 위로 높이 펼쳐진 삼나무 가지 끝에 낚싯대가 닿지 않을 만큼만 주의를 기울이면서 생각은 완전히 다른 데 가 있는 것 같았다. 그냥 내버려 두면 히아사는 그대로 계속 그물참나무 말고도 애착이 가는 칠엽수나 백버들 같은 쓰러진 나무를 회상하느라 낚시에 전혀 집중하지 못할 것이다. 그리고 이날처럼 내가 메인으로 낚는 것이 아닐 때도, 내게는 강가에만 서면 아무래도 마음이 조급해지는 면이 있었다. 딴생각 좀 작작해, 돌아가는 길에 마음껏 올라타라고, 그러면서 등을 치자, 히아사는 콧기름을 닦은 손가락을 한참 쳐다보다가, 이윽고 조바심을 치듯 고개를 돌리고 낚싯대를 어깨에 걸쳤다. 대단히 숙달된 솜씨로 한번에 연어 알 세 개를 터트리지 않고 낚싯바늘에 능숙하게 꿰었다. 그러고 나서 비스듬히 낚싯대를 세워 손목만 움직여서 가볍게 옆으로 던진다. 낚싯줄이 나일론이라 그네처럼 제 무게로 흔들리며 강물 위를 건너 건너편 기슭에 아슬아슬하게 닿을 만큼 가서 깊은 물에 정확히 떨어졌다. 차가운 강물에 닿자 붉은 연어 알이 희끄무레해지며 순식간에 강바닥으로 사라져 갔다.

아직 눈이 많이 쌓인 2월의 어느 아침이었다. 2월은 이 지방 날씨치고도 추위가 매섭고, 도로는 종일 얼어 있다. 그날 나는 내 차로 출근했다. 그리 배차가 많지 않은 통근 버스를 놓쳤던 것이다. 운전용 구두는 창이 얇아 액셀이나 브레이크를 밟기에는 적당하지만 걷기에는 전혀 적합하지 않았다. 그래서 차에서 내리자 바로 발이 미끄러졌다. 주차장에서 직원용 출입구까지 미끄러지지 않게 발끝에 힘을 주어 걸으려니, 뒤에 온 동료 두 명이 앞질러 갔다. 그러면서 그중 나이가 많은 동료의 입을 통해, 히아사의 갑작스러운 전직 소식을 듣게 되었다.

일단 나는 놀랐다. 그러나 앞으로 마흔이 되고 쉰이 되어서도 히아사가 여전히 창고 업무를 하는 모습을 떠올리는 것이 오히려 내게는 어려웠다. 물류과에는 과장 이하 두 명의 직원을 제외하고 정사원이 한 명도 없다. 고등학교를 막 졸업한 열여덟 살 젊은이부터 환갑을 넘긴 베테랑까지 연령 폭이 넓지만, 사무직과는 달리 기본적으로 승진이 없다. 그런 나쁜 처우를 언제까지나 감수하고 있을 히아사가 아니라고 생각한 것은 아니다. 다만 내 눈에는 히아사가 아무래도 시대를 잘못 타고난 사람처럼 보이는 것이다. 에도시대* 중기에라도 태어났더라면 어땠을지, 멋대로 공상을 하곤 했다. 물가에 작은 배를 띄우고 해안선을 계측하기도 하고, 솔개나 까마귀를 길들여서 마을 통신용으로 활용하기도 하는, 뭔가 특이하고 독자적인 일에 몰두하지 않았을까.

계절이 바뀌어 겨울새가 북쪽으로 떠나는 것과 같은 일이라고 오히려 응원하는 마음이 컸지만, 연락 수단을 잃었다는 사실을 깨닫고 상심했다. 지금까지는 회사 안에서 오다가다 만났을 때 그 자리에서 낚시나 술 약속을 정했는데 이제는 그게 불가능해졌다. 히아사는 본인 소유의 휴대전화가 없었다. 회사에서 지급된 전화기를 수신 전용으로 해 놓고 개인 용도로도 사용하고 있었다. 물론 그것

* 도쿠가와 이에야스가 지금의 도쿄인 에도[江戶]를 본거지로 삼아 통치했던 1603년부터 1867년까지의 봉건시대.

은 전직과 동시에 회사에 반납해야 했을 테니 이제 히아사한테 연결이 되지 않는다. 전화를 걸면 누군가 다른 사람이 받을 것이다.

조금 서운함을 느꼈고, 2월이 지나고 3월이 되어 계류 낚시 금어기가 해제되어도 낚시에 동행할 상대가 없어서인지 그 감정이 풀리지 않았다. 여전히 눈이 많이 쌓인 산길에 혼자서 차를 가져가는 것이 위험하기도 하고 기온도 한참 낮고 해서 결국 낚시를 가지 못한 채 4월이 되었다. 4월로 접어들고 5일이 지나자, 눈 오는 날도 눈에 띄게 줄어 날이 본격적으로 풀리기 시작했다. 한동안 모노톤 일색이던 풍경에 수선화가 피고 개나리가 피어 노란색이 더해졌다. 아침에 버스를 기다리다 보면 하늘에서 종달새 소리도 들렸다. 낚시를 가고 싶어서 견딜 수 없는, 이 말도 안 되게 단순한 욕구에 어쩌면 이토록 마음이 흐트러지는지 내가 생각해도 기가 막힐 지경이었다.

자연히 이전에 히아사와 빈번히 마주쳤던 회사 안 여기저기로 발길이 향했다. 단순히 추억에 잠겨 그러는 것이 아니었다. 아마도 히아사 같은 인물을, 낚시를 좋아하고 운전을 잘하고 산길을 잘 알고 함께하기 좋은 또래의 독신 남자를, 함께 청주 뒷병을 비워 버리기에 안성맞춤인 애주가를, 요컨대 친구를 찾고 있었던 게 아닐까.

괜히 회사 안을 돌아다니는 것도 직무 태만이라고 상사한테 농담 같은 질책을 들었다. 하지만 미래의 남편이나 아내를 찾는 사람도 있는데 직장에서 친구를 찾는 것이 뭐가 나쁘냐는 반항적인 기분도 들었다. 어느 점심시간에 약품 창고 반입구에서 파트타임 근무자인 니시야마 씨와 우연히 마주치고, 아이고 또 오셨네라는 소리를 들었을 때는 크게 당황하고 말았다.

"박스 과장님 안 계신데 그러네. 그만뒀잖아요."

오후 배송을 앞두고 높게 쌓인 플라스틱 포장 박스 더미에 가려져 표정은 확실히 알 수 없었지만 웃고 있지는 않은 것 같았다. 히아사는 짬이 나면 자주 여기서 약품 검품 작업을 돕곤 했다. 다 쓴 포장 박스를 접는 속도가 빨라서 창고 여직원들한테 박스 과장이라며 귀한 대접을 받았다.

"하긴 두 분 사이가 여간 좋았어야지. 허전하겠어요."

"아니 뭐, 그냥 기분 전환하러 들른 겁니다."

나는 팔에 주삿바늘을 찌르는 동작을 하며 웃었다. 이 창고에는 모르핀이나 코데인 같은 극약만 관리하는 화약고 같은 작은 방이 있다.

"그런데 정말 금단 증상이 나타난 것 같구먼, 얼굴 좀 봐."

옆에서 운전기사인 오제키 씨가 도시락을 먹다 말고 나무젓가락을 낚싯대처럼 들고 휙 채 올렸다.

환각이 보이지는 않았지만, 그물 속에서 반짝이는 물고기 비늘이나 수면에 비치는 새 그림자 같은 것들은 자주 꿈에 나왔다. 빨래를 마치고 물을 잠갔는데 귓속에서 물소리가 사라지지 않는다. 계곡의 시냇물 소리처럼 점점 퍼지며 머릿속에 울리기 시작한다. 이것도 일종의 금단 증상 같은 것인지도 모른다.

4월 말에 어느 낚시 이벤트에 참가했다. 지역 낚시 가게에서 주최하는 판촉 프로모션을 겸한 낚시 강좌 같은 것이다. 이벤트에 단골로 참석한다는 연배가 있는 낚시꾼 세 명에, 대학생으로 보이는 두 명, 마흔 전후의 남자와 그 아들로 보이는 아이까지 도합 아홉 명이 가게 왜건에 함께 탔다. 사루가이시 강에는 10시 전에 도착했다. 나는 오전 동안에 꽤 큰 산천어를 네 마리 낚았다. 점심은 안내를 담당한 점원이 직접 낚은 어획물로 사람 수만큼 소금 구이를 해서 죽순밥과 같이 내놓았다. 식후에는 근처에서 퍼 온 약수로 커피를 끓이는 체험을 했다. 오후 3시에는 낚시를 마감하고, 차체에 가게 로고가 화려하게 프린트된 왜건이 시내로 되돌아가서 각 포인트마다 승객을 내려 주었다.

오후에는 대물을 잡은 사람이 있었다. 월척 크기의 수컷인데, 홍연어처럼 주둥이가 굽은 근사한 이년생이었다. 나도 총 열 마리를 낚았으니 나쁘지 않은 조과였다. 깨끗하고 좋은 냄새가 나는 강가에서 먹은 점심은 맛있었고, 맑고 상쾌해 낚시하기 좋은 날이었다. 그래도 나는 아쉬웠다. 올해 첫 낚시를 했다는 기쁨보다 낙담한 마음이 더 컸다. 한자리에 있던 다른 누구와도 잡담 하나 제대로 못하는 나 자신이 답답했다.

히아사는 모리오카 시에 인접한 다키자와[滝沢] 출신이었다. 모친을 일찍 여의고 본가에서 아버지와 둘이서 살고 있었다. 도쿄에서 대학을 다니다 졸업한 후에는 고향 마을로 돌아왔다. 그즈음에는 도호쿠 지방 사투리가 완전히 사라져 버렸다고 본인은 말한다. 그러나 그 편린 같은 것이 말을 할 때 자주 튀어나왔다. 가령 단어의 어두 이외의 모음 'ㅔ'가 'ㅣ'로 들리는 것이다. 다만 내가 보기에 히아사는 오히려 말보다 의식 면에서 이 지역의 사람들과 달랐다. 나도 도쿄에서 산 적은 없지만, 어린 시절부터 수도권에서 살았기 때문에 도시 분위기가 배어 있다. 그래서 히아사에게 그런 분위기가 있는 것을 알 수 있었다. 자신의 몸과 지역의 냄새가 융화되지 못했다. 이것을 근본적인 뿌리가 희박한 데서 오는 허세의 느낌이라고 단언한다면 지나친 말일까. 이와테에 전근을 온 이래로, 이 지역의 다른 동료들과 친해지지 못하고 히아사하고만 붙어 지냈던 나는 이제 와서 제 약점을 발견한 느낌이 들었다. 다시 한 번 처음부터 이 지역에 익숙해지려는 노력이 필요했다.

나의 강을 발견한 것은 5월이었다. 아파트에서 자동차로 십 분이 채 못 되는 근거리에 흐르는 지방천이다. 기타가미 강으로 합류하는 하천이라면 아무리 작은 시내에서도 산천어가 잡힌다고 공언하는 블로그를 보고 갔다. 둑이 높고 폭이 7미터에도 못 미치는 좁은 물줄기인데, 가끔 볏모나 채소 지스러기가 강을 타고 떠내려오는 것으로 보아 농업 용수로 쓰는 강 같았다. 그래도 깊은 곳에 바늘을 드리우면 쏠쏠하게 산천어가 물렸다. 15센티 남짓 되는 작은 고기가 많았지만, 어쩌다가 25센티가 넘는 대물도 낚였다. 인터넷으로 찾아보니 오이데 강이라는 이름이었다. 지도를 보니 강이 시작되는 수원지에서 기타가미 강으로 합류하기까지 물줄기가 직선거리로 3킬로미터가 안 될 만큼 매우 짧았다. 그만큼 수온도 안정되어 있을 테니, 만일 금어기를 무시한다면 1년 내내 낚시를 즐길 수 있었다.

그 후로 나는 뻔질나게 이 강을 다녔다. 면사무소를 지나 쓰루가이 다리를 건너면 S중학교 정문이 나온다. 논 사이에서 깜빡이는 건널목을 지나 오래된 농가가 빼곡히 들어선 길을 빠져나가면, 얼마 못 가서 절이 나온다. 거기서부터는 약간 경사가 급한 오르막길이 이어지는데, 도중에 왼쪽으로 길이 갈라지고 그 앞에 작은 다리가 놓여 있는 것을 멀리서도 알 수 있다. 강을 따라 한참 걸으면 작은 폭포처럼 물이 떨어지는 곳이 있고, 거기만 수심이 꽤 깊었다. 대물은 대개 그곳에서 낚았다.

둑 위로 끌어 올려진 커다란 물고기가 묵직하게 펄떡거리며 주위를 돌아다녔다. 주위의 초록빛 잎들을 제 몸의 점액으로 있는 대로 더럽히고는, 바나나처럼 몸을 구부리고 허공으로 날았다. 5엔짜리 동전과 똑같은 빛깔의 비늘이 나뭇가지 사이로 스며든 빛을 받아, 수면 위에서 한순간 금색으로 빛나며 머리부터 빠졌다.

"또 황어야. 끝도 없네."

히아사는 맨손으로 잡고 내던지느라 온통 끈적거리는 손을 발치의 물웅덩이 속에 집어넣고 철벅대며 씻었다.

"이 강은 황어 천국이네."

낚시를 시작한 지 아직 삼십 분밖에 안 지났는데, 벌써 황어만 열한 마리째였다. 히아사는 방생 개념이 희박해서 보통은 잡은 물고기를 어망에 넣거나 그 자리에서 배를 칼로 갈라 머위 잎 같은 걸로 싼다. 다만 그것은 산천

22

어나 곤들매기에 한해서 베푸는 후한 대접이었다. 그 외의 어류는 바늘을 빼자마자 되는대로 강에 던져 버렸다. 히아사와 마찬가지로 내 기준으로도 황어는 등급이 낮다. 돌잉어와 비슷하게 생겼고, 실제 잉엇과이기도 한 이 어종은 식탐이 많은 데 비해 힘이 없어서 손맛이 좋지 않다. 우선 외형이 볼품없다. 물고기 주제에 말상이고, 심지어 맛도 별로다. 산천어를 전문으로 잡는 낚시꾼 중에는 미끼도둑이라고 부르는 사람도 있다.

"얼른 하류로 가라, 하류로." 강으로 돌려보냈는데 여전히 어물어물 강둑 부근 여울에서 꾸물거리며 등을 보이고 떠나려 하지 않는 조금 전의 황어에게 나는 소리쳤다.

"지금 거, 40센티는 되겠던데."

"이동하자. 어제 대물 놓친 포인트 알려 줄게. 아직 거기 있을 거니까."

"야 이거. 난 지금 상당히 재미있는걸."

"동심으로 돌아가서 피라미 낚시라도 하게?"

"그래, 피라미 낚시. 이게 이상하게 싫증이 안 난다니까."

말하자마자 히아사는 다시 낚싯대를 휘둘렀다. 이미 세

번째 던질 때부터는 미끼로 연어 알은 쓰고 있지 않았다. 손에 잡히는 풀잎 뒤나 꽃술 사이에 붙어 있는 곤충 같은 것으로 대신하고 있었다.

금방 입질이 왔다. 낚싯대 끝이 크게 휘는 것이 보였다. 하지만 줄은 상류를 향해 움직이지 않았다. 물속에서 뭔가 작은 동물이 날뛰고 있기라도 한 듯이 투박하고 매끄럽지 않은 줄의 움직임을 보아 산천어가 아니다. 전형적인 황어의 당김새다.

"크다. 줄이 끊어지겠어!"

뜰채, 뜰채, 하고 호들갑을 떨며 히아사는 낚싯대를 좌우로 조정했다. 그러나 이 하천 전용으로 내가 사용하고 있는 채비는 1.0호 낚싯줄에 바늘이 직결로 붙어 있는 것이다. 어지간한 괴물이 아닌 한 끊길 물건이 아니다. 차라리 끊어져 버렸으면 싶어서, 뜰채를 댈 생각도 않고 가만히 강 수면을 응시하고 있었다.

"열두 마리째!"

공중에 튀어 오르는 물고기가 발하는 번쩍임이 약간 하얗기에 산천어가 아닐까 하고 한순간 기대했지만, 강에서 세차게 끌어 올려져 둑 위의 풀밭에서 퍼덕거리며 몸부림치는 그것은 틀림없는 황어였다. 등 부분에서부터 검은 옻을 들이부은 것처럼 품격이 감도는 대물이다. 배는 눈이 시릴 것 같은 유백색이고, 군데군데 붉은 혼인색 줄무늬가 있었다. 52센티, 황어 개인 기록을 경신했다며 자랑하듯이 히아사는 팔을 들어 올렸다.

"그래 뭐, 축하해야 하나."

"어탁을 하고 싶을 정도야."

줄자를 되감더니 히아사는 풀 위에 엉덩이를 깔고 앉아서, 팔꿈치를 무릎에 얹고 내려다보았다. 허벅지 사이에는 아가미에서 꼬리지느러미까지 피를 흘린 황어가 원망스러운 듯 숨을 헐떡이며 누워 있었다. 셔츠 소매를 걷어 올리고 깨끗이 땀을 닦은 히아사에게서 알콜 냄새는 이미 사라지고 없었다. 그는 담배에 불을 붙이고, 담배 맛을 즐기듯 연기를 천천히 뱉어 냈다. 다소 올드한 만족감의 표현 방식이 청새치를 잡고는 퀄런을 입에 무는 왕년의 미국 낚시꾼을 떠올리게 했다. 큰 황어 열두 마리만큼의 열광은 청새치 한 마리의 영예에 필적한다고, 자못 그렇게 주장하듯 의기양양한 표정이었다.

"마음에 들어. 나중에 혼자서도 여기 올 거야."

"산천어 천국이라는 소리를 듣고 싶었는데."

"끝내줘, 단순한 낚시에 굶주렸었어. 요새 만사가 답답하고 재미가 없었거든? 황어도 엄청 크고, 물참나무도 엄청 크고. 참 단순하고 좋은 강이야."

나는 이 말을 듣고 가이드를 한 입장에서 만족스러우면서도 체면이 말이 아닌 것 같기도 한 착잡한 마음으로 히아사의 머리 가마를, 그리고 허벅지 사이의 큰 황어를 잠자코 내려다보고 있었다. 이것과 비슷한 허탈감이라면 기억하고 있다. 건네받은 명함을 들고 그 위에 인쇄된 글자들과 상대방의 얼굴을 번갈아 쳐다보며 잠깐 동안 명했던 그날이 기억난다.

"아니, 술은 됐어. 아직 근무 중이라서." 히아사는 따개를 당기려다 만 캔맥주의 라벨을 응시하며 아쉬운 듯 말했다. "우연히 이 근처에 일을 나왔거든. 인사나 할까 하고 잠깐 들러 봤어."

명함에는 주식회사 아이싱, 장례 매니저 히아사 노리히

로라고 되어 있었다. 취직했냐고 물어보니, 실은 2월에 입사했다는 대답이 돌아왔다. 정확한 날짜를 듣고 나도 놀랐다. 퇴직 후 불과 이틀도 안 되어 재취업을 했던 것이다. 테이블에 놓인 팸플릿 표지에는 '아이싱 상조회 5대 혜택'이 차례로 열거되어 있었다. 회원 확보가 주요 업무인데 쉽게 말해 방문 영업을 한다고 히아사는 설명했다. 빵빵하게 부푼 서류 가방은 아슬아슬하게 균형을 유지하면서 왕골자리 모서리를 누르고 있었다. 안에는 젠린이라는 지도회사의 지도를 복사한 것이 가득 들어 있을 뿐, 보기보다 무겁지는 않다고 했다.

"이거 한번 봐 줄래?" 히아사는 몹시 쑥스러워하는 모습으로, 가방의 바깥 포켓에 손을 넣어 8면으로 접힌 두꺼운 종이를 꺼냈다. 2면까지 펴서 건네주기에 펼쳐 보니 '이와테 지부 5월 월간 MVP 히아사 노리히로'라는 글자가 눈에 들어왔다. 5월에 계약을 37개 체결하여 이와테 현 내에서 최우수 성적을 거둔 것에 대한 표창장이었다.

"이와테에서 일등이구나." 나는 애써 할 말을 찾았다. "그런데 하루에 계약을 몇 개나 딸 수 있나?"

"못하는 사람은 열흘을 다녀도 하나도 못 따지." 히아사는 기분이 좋아 보였다.

"문전에서 쫓겨나는 것도, 뭐 흔한 일이야. 처음에는 기운이 빠졌는데 익숙해지고 나니 아무것도 아니더라."

"매달 2천 엔만 내면 예식도 올릴 수 있네. 예식장도 근사한데?"

다시 한 번 팸플릿으로 눈을 돌렸다. 새하얀 예배당에서 신랑 신부가 행복하게 활짝 웃고 있는 사진이었다. 과하게 밝게 보정된 사진이 손 그림자로 어두워졌다.

"결혼도 그렇지만, 장례식을 걱정하는 홀몸노인도 많거든. 게다가 다리에 힘이 없어지잖아. 자기가 죽은 후의 불안을 살아 있는 동안에 줄이고 싶은데, 그런 걸 상담하러도 못 가는 거지."

"그럴 때 히아사 같은 영업 부대가 나타나는 거군."

"가입 신청서에 기명 날인을 받고, 단 1회분만 월 납입금을 받아서 넣으면 끝나는 거야."

"그렇구나, 간단하네."

"지난번엔 하코시미즈[箱淸水] 방면으로 갔었는데, 엄청

나게 낡은 집에서 무지하게 오줌 지린내가 나는 할아버지가 나오더라고. 결국 계약을 하나 따냈지. 그러고 나서 일어서는데 말이야, 수고 많았다며, 고마워서 어쩌나 하면서 몇 번이나 고개를 숙이며 인사를 하더군. 나중에 사무실에 감사 편지까지 왔잖아, 내 앞으로. 참 내, 물건을 파는 사람이 이렇게까지 인사를 들을 줄이야."

정장에 넥타이 차림을 한 히아사를 보는 것은 신선했다. 이전에는 여름이면 녹색 폴로 티, 겨울이면 두꺼운 캐주얼 셔츠를 입었다. 고풍스러운 페이즐리 무늬의 병 모양으로 잘록해지는 넥타이는 놀릴 수 있을 것 같았지만, 광이 나는 왁스로 뾰족하게 곤두세운 닭 볏 같은 헤어스타일을 보고는 웃을 수가 없었다. 벌써 10년 이상 이발소에 가지 않았다며, 머리카락은 원래 스스로 자르는 거라고 호언하던 예전 히아사의 길들여지지 않은 자유직의 느낌은 흔적도 남지 않았다.

아파트 앞의 보도까지 히아사를 배웅하러 나갔다. 6월의 푸른 어스름 속에 개구리 울음소리가 울려 퍼지고 있었다. 평소에는 아래쪽 논두렁에서 나는 소리가 더 시끄러운데, 이날 밤은 신기하게도 그곳이 아니라 가로수 사이에서 들려오고 있었다. 청개구리일 거라고 나는 생각했다.

손목시계를 보았다. 4개월 만의 만남이 불과 20분 만에 끝난 셈이다. 이윽고 동료가 모는 승합차가 와서, 우리는 서로 가볍게 손을 들고 헤어졌다.

멀어져 가는 미등을 보고 있다가 기억해 냈다. 처음 히아사와 우리 집에서 술을 마신 날을 말이다. 자고 가라고 하는데도 대리를 불렀다고 하며 듣지를 않았다. 전화를 하고 대리운전 기사가 도착하기를 기다릴 때까지 시간이 있었다. 어쩌다 이야기가 그렇게 흘러갔는지, 내가 자랑스럽게 생각하는 일이라며 대학 시절에 세미나 활동으로 인도차이나 난민을 상당히 이른 시기에 취재했던 얘기를 히아사에게 들려주었다. 이윽고 대리운전 기사한테서 연락이 왔고, 일어나면서 "나는 말이야" 하고 히아사는 분명히 말했다. "나는 아무것도 자랑할 수 없는 게 자랑이야."

신문 투입구에 끼여 있던 종잇조각을 잡아당겨 보니, 가정용 고압세척기 전단지였다. 문손잡이에 손을 대었을 때, 발치에 담배꽁초 몇 개비가 떨어져 있는 것을 알아차렸다. 골루아즈 레제르의 필터였다. 취급하는 가게가 드문 브랜드인데, 볼 때마다 히아사가 몇 갑씩 사재기하던 프랑스 담배다. 그다지 바쁠 것도 없다는 생각에, 그 자리에서 전단지를 삼각형으로 접어 쓰레받기를 만들었다. 그걸로 담배꽁초를 한꺼번에 쓸어 넣어 아파트 현관 입구 구석에 있는 입주자용 쓰레기통에 버렸다.

2

습기를 머금은 차가운 들바람이 넓은 강을 건너 낚시 의자로 불어 대고 있었다. 테이블에 늘어놓은 티탄 접시와 시에라 컵이 그때마다 작게 달그락거렸다. 9월 하고도 중순을 지나니 강변은 가을 색이 완연했고, 해질녘이라도 될라치면 공기가 쌀쌀해졌다. 벌레 울음소리도, 잠자리의 난무도 잦아들고, 건너편 강둑의 철로에 이따금씩 울리는 화물 차량의 굉음만이 생명체 같은 맥박을 전달하며 정적을 메웠다.

술과 안주는 가는 길에 주류 할인점인 타스트뱅에 들러 사 왔다. 수입 식품이 생각보다 저렴하고 종류도 많았지만, 키르슈와 병에 든 피클만 바구니에 넣고 계산을 마친 후 가게를 나섰다. 쾌활한 살사 음악과는 달리 손님도 점원도 누구 하나 소리를 내지 않는 매장 안의 불편함에 기가 눌린 탓이다.

비 오는 날 놀이공원에 가는 것처럼 불안한 마음을 안고 내가 이 강변에 도착한 것은 6시가 지나서였다. 차는 한여름에 이노우에 기쿠오 씨가 삽을 뒤집어 열심히 땅을 골랐다는 구획에다 세웠다. 파란색 짐니 소형 SUV는 아직 와 있지 않았다. 밭과 강변의 경계를 이루는 수풀에 히아사가 말하던 판잣집, 파빌리온*이 있었다. 문도 없고 바닥도 없이 세 방향을 합판으로 둘러싸고 위에 함석을 얹은 몇 평 정도 되는 오두막이다. 창고로 쓰이는데 가끔 안에서 주인이 선잠을 자는 일도 있다고 하기에 들여다보았

---

* 파빌리온(pavilion)은 이동이 가능한 작은 가설 건축물을 가리키는 말로, 경기장 등의 관람석·선수석, 병원이나 요양소 등의 병동, 박람회의 분관·전시관 등을 말한다.

지만 아무도 없었다.

땅거미가 짙어지기 전에 간단한 준비만이라도 마쳐 두려고, 조금 이른 시각에 이곳으로 왔다. 하지만 접이식 테이블과 의자를 세팅하고 램프와 식기를 놓고 나니 더 이상 할 일이 없었다. 담배를 피우라고 권하던 말을 떠올리고 오두막까지 돌아왔다. 벽에 나무못을 박아 걸어 둔 빨간 수확용 그물 주머니 속에서, 개봉되어 있는 말보로 한 갑을 손으로 더듬어 꺼낸 다음 거기서 두 개비를 뽑아 냈다. 마음대로 피워도 상관없다며, 대신에 갑째로 가져가지는 말라고 히아사는 전화로 주의를 주었다. 올 4월에 이노우에 씨는 칠순을 맞은 것을 계기로 금연을 시작했는데, 그것을 모르고 차남이 명절에 내려왔다가 선물로 세 보루를 놓고 갔단다. 처치하기 어려워서 손님용으로 내놓는다고 했다. 그중 네 갑 정도는 히아사가 피웠다고 했다.

이노우에 씨와는 히아사가 아이싱에 입사한 후에 얼마 안 있어 연수를 마치고 이와테 지역을 혼자서 영업하며 돌아다닐 때에 알게 되었다고 했다. 자기 힘으로 계약을 한 첫 고객이었는데, 이후로 집 근처에 갈 때마다 얼굴을 비추면서 세상 돌아가는 얘기를 하며 친해졌다고, 마당에서 키운 산마늘을 싸 주거나 저녁을 대접받은 일도 한두 번이 아니라고 했다.

그날은 아침부터 의외의 연락을 연속으로 받았다. 2년 전 이와테로의 인사 이동이 정식으로 결정되었을 무렵, 거북한 대화를 거듭하던 끝에 헤어진 이후로 소식이 없었던 소에지마 가즈야한테서 이메일이 도착했다. 벨트를 매고 셔츠 깃에서부터 넥타이를 배까지 늘어뜨렸을 때 메일이 도착했음을 알리는 전자음이 울렸다. 지금 센다이[仙台]*에 출장을 왔는데 그냥 연락을 해 보았다고 첫머리에 쓰여 있었다. 내일 아침 신칸센으로 돌아간다고 했다. 너무나도 가즈야다운 간결한, 언뜻 보면 무뚝뚝한 글 속에 만나자는 말은 없었다. 센다이에서 북쪽으로 한 시간 거리에 있는 모리오카인데도, 다음에 도호쿠 지방에 올 일이 있으면 연락 달라고, 이것저것 안내해 주겠다고만 답장을 해 두었다. 새 연락처를 알려 줄 겸 휴대전화로 메일을

* 이와테 현 바로 아래 있는 미야기 현[宮城県]의 현청 소재지.

보냈다. 아파트를 나와 정류소에 도착했고 이윽고 탈 버스
가 와서 평소처럼 오른쪽 앞 좌석에 앉았을 때, 이번에는
여동생한테서 메일이 왔다. 연락을 한 지 반년, 아니 1년
도 더 됐던가. 내년 중에, 이르면 6월에라도 지금 사귀는
사람과 예식은 몰라도 혼인신고는 할 생각이라고 했다. 사
전에 상견례 같은 것이 있을지도 모르니 그때 나와 달라
고 되어 있었다. 날이 잡히는 대로 연락하라고, 나는 아주
간단히 답장을 보냈다.

 네 살 차이가 나니 여동생은 만으로 스물일곱이다. 가
즈야가 나와 헤어졌을 때 나이와 같구나, 하고 생각했다.
그때 가즈야가 여동생처럼 자신의 가족 중 누군가에게 이
런 내용의 메일을 보냈다면 어땠을까. 우리는 어쩌면 결혼
하지 않았을까. 가즈야에게도 형이 하나 있었다. 그러나
그 형을 포함해서 가족과는 소원한 모양이었다. 그렇다기
보다 어딘지 깊게 단절되어 있다는 느낌에 가까웠다. 나
역시 가족에게 가즈야를 소개하지 않았고, 그래도 결국
2년 동안 사귀었다. 업무상 처음으로 큰 문제를 안고 있
던 시기여서, 격렬한 말 덩어리가 내내 목구멍에 걸려 있

는 것같이 답답한 2년이었다.

이와테로 발령이 났을 때는 내심 안심했다. 받아 든 발령장이 더 매력적인 삶으로 가기 위한 티켓이라도 되는 것처럼 눈부시고 든든하게 비쳤다. 심기일전하여 추운 지방에서 나 자신을 다시 일으켜 세우리라며 신천지에서의 생활에만 마음을 빼앗겨, 다른 일체의 것들은 오래된 잡지 더미처럼 되돌아보지 않게 되었다. 그 잡지 더미에는 그때까지 쌓은 인간관계나 질리도록 오래 살았던 수도 근교의 그 단조로운 거리만이 아니라, 가즈야와의 관계도 포함되어 있었다.

오전 동안에는 상황을 낙관했던 예전 그 시절의 내 옆얼굴이 자꾸 어른거려 너무 싫었다. 비교적 한가한 하루여서 그랬을 수도 있다. 화장실에 가면 슬림한 감색 정장이며 뿔테 안경이며, 2년 전과 그다지 나아진 것이 없는 내 모습이 거울에 비쳤다. 턱선이 약간 둥글어진 것 같기는 하다. 책상에 앉아도 긴급한 업무는 없었지만, 아직 처리하지 않은 클레임 건의 재조사와 그와 관련된 의견서 제출일이 가까워졌다는 것이 떠올랐다. 모니터를 마주하며 서류 속의 숫자와 폴더 속의 문서를 이 잡듯이 비교하고 있자니, 마우스 옆에서 휴대전화가 깜빡였다. 히아사였다. 몇 번 울리고 끊어졌는데, 몇 분 지나니 다시 깜빡였다. 은어 홀치기 낚시를 하니까 오라는 것이 첫마디였다. 뛰어 들어간 흡연실에 다행히 아무도 없어서, 무슨 소리인지 물을 수 있었다. 오늘 밤 7시, 장소는 사기가사와 버스 정류장 부근에 있는 기타가미 강가. I교차로에서 좌회전을 하면 작년에 수해를 입고 임시로 조성된 다리가 보일 거다. 그 다리 위쪽에서 옆으로 가파르게 꺾이듯이 자갈이 깔린 농로가 뻗어 있어서 강변으로 내려갈 수 있다. 밭의 한편에 있는 오두막 주위는 땅을 골라 두어 주차도 할 수 있다고 했다. 그 땅 주인과 어쩌다 친해졌는지도 들었다. 오른쪽 기슭에도 비슷한 농로가 있고 오두막도 있어서 헷갈릴 수 있으니 주의해야 한다며, 거듭거듭 왼쪽 기슭이라는 점을 히아사는 특히 강조했다.

"은어 소금구이라고? 아무래도 술을 마시겠네?"라고 물으니,

"모닥불 피우고 아침까지 마시는 거지. 졸리면 침낭을

빌려줄게. 차에서 자면 괜찮아. 내일 회사 쉬는 날이잖
아?"

술도 먹을 것도 담배도 필요 없으니 몸만 오라고 했다.
그러면 너무 마음이 안 놓이니까 의자나 간단한 테이블
세트는 준비해 가겠다고 하니, 그래 그건 있으면 좋겠다며
선뜻 받아들였다.

묘하게 흥분하고 있다는 것을, 운 하면서 스스로도 알
수 있었다. 정시에 직장을 뒤로하고 나 껴서 바쁜 동료들
에게 민망하기는 했으나, 지난달에는 시 의 업무가 지나
치게 많았다고 스스로를 달랬다. 히아사는 고마운 마음
에 마련한 기회라고 했다. 물론 다른 걸 다 ㅈ 둘 만큼
심각한 일은 아니었다. 하지만 나는 조금 무리를 해서라
도 강에 갈 필요가 있었다.

8월 말에 다시금 히아사가 갑자기 나타났다. 그 열흘 ㅈ
도 전에 연락도 없이 찾아왔던 시각과 마찬가지로 밤 9시
가 지나 있었다. 다시 한밤중까지 술을 마시고 내일은 다
시 물참나무를 타고 황어를 낚는 건가 하고 상상하면서,
탁자를 사이에 두고 마주 보는 바닥에 쿠션을 놓았을 때,

히아스 소파에서 일어났다.

"미안 , 곤노." 전등 불빛에 이마만 하얗고, 눈빛과 표정을 전혀 수 없었다. "상조회 말이야, 하나 들어 줄 수 없을까? 가 건수가 하나 모자라."

빠른 말투로 사가 했던 말을 요약하자면, 반 분기에 가입 건수 60개 할당량인데 그걸 채우지 못한 모양이었다. 이번 달, 그 까 그날 중으로 남은 가입 건수 하나를 채우지 못하면 사에서 잘린다고 했다.

"6월까지 가입 건수 50개 채웠다고 마음을 놨더니 여름에는 실적이 전혀 었어. 오늘만 해도 동료의 옛날 여자한테 부탁해 보고 후에도 여기저기 돌아다녀 봤지만, 더는 방법이 없어 이제 곤노 너밖에 없다."

시키는 장의 서류 각각에 필요 사항을 기입하면 는 말했다.

"그때부터 계속 생각했었어. 사실 한 달에 2천 엔 내고 이만한 예식장이라면 매력적이야."

하얀 발코니에 어깨를 기대고 선 두 모델이 뇌리에 떠올랐다. 활짝 웃는 신부의 얼굴은 기억에 있었으나, 신랑 얼굴은 도무지 떠오르지 않는다.

"게다가 이제 나이도 들었고. 뭐, 언제 결혼할지는 모르지만." 이 말을 하고 나니 그 신부의 웃는 얼굴이 한순간 여동생이나 가즈야의 얼굴과 겹쳐졌다.

"내가 너한테 손해날 일을 시키겠냐."

바로 사무실에 들어가야 한다며 서류를 정리하는 히아사를 따라 현관에 섰다.

"곤노 슈이치의 결혼식은 특별히 신경 써야 된다고, 웨딩 담당한테 얘기해 둘게."

히아사는 보는 내가 답답할 만큼 서투른 손놀림으로 구둣주걱을 움직이고 있었다. 이런 일은 정말 불필요하다는 생각이 들었다. 구두 뒤축 같은 건 예전처럼 구겨 신으면 되는 거다.

잘 가라며 마른 뒷모습에 대고 인사를 했다. 이 남자가 아마도 열흘 전에는 말을 꺼내지 못하고 빈손으로 돌아갔다는 데 생각이 미치자 자신의 둔함이 저주스러웠다. 정사원이 되면 한턱낼 테니까 불고기라도 먹자는 히아사의 말과 함께 문이 닫혔다. 얼마 안 있어 아파트 앞 보도로부터 많이 듣던 짐니의 둔탁한 엔진 소리가, 그리고 잇따라 가볍게 공회전하는 액셀의 파동이 실내화에 전해져 왔다.

집에 들어오자마자 담요를 소파에 던지고, 피클과 키르슈는 종이봉지째 개수대에 두었다. 텔레비전을 켜니 나이든 여배우와 남배우가 젊었던 옛 시절을 그리며 서로 한 곡씩 추억의 가요를 소개하는 프로그램이 나왔다. 심야라고 하기에는 아직 조금 이른 시간대였다. 얼음 트레이에서 얼음을 빼서 머그잔 끝까지 채워 넣었다. 버번만큼은 유리잔이 아니라 이렇게 마시는 것이 지난 몇 년간 습관이 되었다.

무료함에 휴대전화를 열었다. 아침에 가즈야와 여동생한테서 온 메일을 다시 읽고, 각각에게 보낸 나의 글도 훑어보았다. 둘 다 그 뒤로 전혀 연락이 없다. 히아사한테서 온 연락도 없었다.

처음부터 서로 이상하게 긴장하고 있었다. 히아사는 콜맨 램프가 뚜렷이 비춰 주는 테이블 세팅에 눈길을 주더니 "이게 뭐야, 소꿉놀이 하냐"라며 입술을 일그러뜨리고 비웃었다. 오두막을 보고 파빌리온이라기에 파빌리온 병동이라는 줄 알고 정신착란을 일으켰나 보다며 내가 받아치니까, 뭔가 신경에 거슬릴 때 나오는 평소의 습관대로 짜증스럽게 목을 돌렸다. "오늘은 그래도 별로 춥지가 않은데." 히아사는 내가 무릎에 덮은 트위드밀 담요며, 껴입은 하얀 오리털 조끼며, 플리스 넥워머에 일일이 트집을 잡았다. 남자가 니트 모자를 쓰면 젖병같이 보여서 꼴불견이라며 야유했다. 잔소리 좀 작작하라며 말을 끊은 건, 내 복장에 대한 비판이 한바탕 끝나고 주차 위치에 대해 이러니저러니 말을 하기 시작했을 때라, 아무래도 내 목소리에는 날이 서 있었다. 뒷바퀴가 밭으로 조금 튀어나와 있다며 지금 당장 빼라고 재촉하는 것이다.

그래도 낚시 자체는 기분 좋았다고 할 만했다. 시즌 마지막, 정말로 거의 끝자락이었기에 조과는 썩 좋지 않았지만 어둠 속에서 10미터나 되는 긴 낚싯대를 휘두르면 찬 공기를 가르며 휭 하고 기세 좋게 소리가 났다. 대물이 한번에 세 마리가 걸렸을 때에는 밤눈으로도 알아볼 수 있을 만큼 낚싯대가 휘었다. 앵커 모양 후크 일곱 개를 긴 목줄에서 같은 간격으로 드리우는 채비를 강바닥에 끌리게 조정하여 헤엄치는 물고기를 걸어서 낚는 난폭한 낚시였다.

낚자마자 발치의 양동이에 어획물을 넣었다. 아가미 같은 연골질에 꽂힌 바늘을 뺄 때 콜맨 램프 불빛이 크게 도움이 되었다. "마릿수는 괜찮네. 크기는 작다." 양동이 속을 히아사에게 보여 주자 이렇게 촌평을 했다. 은어 말고도 황어가 몇 마리, 산천어와 곤들매기도 섞여 있었다. 이렇게 내가 낚싯대를 던지고 있는 동안에 히아사가 열심히 모닥불을 준비하는 것을 알고 있었다. 히아사는 시범 삼아 몇 마리쯤 낚는 것을 보여 주고는, 그 낚싯대를 나에게 맡기고 강변의 자갈을 쌓아 화로 같은 것을 만들었다. 그리고 그 불이 이제 안정적으로 타고 있었다. 소리도 없이, 옅은 빛의 아름다운 불꽃이 잘 타오르며 화로 속에서 위아래로 흔들리고 있었다. 넋을 잃고 보고 있으려니 떠내려온 유목이라고 했다. 여름에 업무차 아키타[秋田]*까지 원정 갔을 때 쉬러 들렀던 바닷가에서 여자 동료와 주

* 일본 혼슈 북서부, 이와테 현 옆에 위치한 현.

44

웠다고 했다.

"불이 꼭 유리 같다."

내가 말하자, 의자 두 개가 동시에 삐걱거렸다. 내가 테이블 위에 한쪽 팔꿈치를 짚으니, 호응하듯이 히아사도 팔을 올렸다.

"장작 중에 제일 좋은 게 유목이야."

이런 종류의 화제로 흘러가면 히아사는 갑자기 매력이 더해진다. 유목은 저마다 타는 속도에 차이가 있다. 건조가 잘됐느냐 아니냐가 문제인데 그건 불을 붙여 보기 전에는 아무도 모른다. 사실은 통나무를 하나 태워 보고 싶은데 운운하며 쉴 새 없이 떠드는 히아사를 보며 내 기분도 얼마간 풀어졌다. 그러나 이날 밤의 히아사는 음울했다. 전체적으로 공격적이고 날카로워져 있었다. 유목의 좋은 점을 말하면서, 두세 가지 심한 비교를 들었다. 대놓고 나 들으란 듯이 빗대어 말했다. 그래서 히아사가 이 시기의 은어는 뭐니 뭐니 해도 알을 먹는 게 묘미라며, 양동이 속에 든 산란기 은어 중 암컷만 골라 꺼낸 후 대꼬치에 꿰어 굵은 소금을 뿌리고 화로를 둘러싸듯 꽂아 놓고서 술을 권했을 때, 나는 그것을 거절했다.

"어이, 분위기 무거워지게 왜 그래." 당혹감을 감추려고
도 하지 않고 히아사는 볼멘소리를 했다. 그러고 나서 소
리를 조금 낮추더니 "덴슈[田酒]라니까" 하고 말하며 발치
의 서류 가방에서 네 홉들이 녹색 병을 집어 테이블 위에
올렸다. 실물로는 처음 보는 명품 술의 라벨은 램프에 반
쯤 가려져, 내 위치에서는 '덴'까지만 읽을 수 있었다.

"이걸 안 마시고 집에 간다고? 그건 이상한 게 아니라
미친 거야." 다시 한 번 히아사는 종이컵을 들어 올렸다.
눈높이까지 들어 올리고는 잔 가장자리 너머로 나를 응
시했다.

"아니, 안 마실까 봐. 아무래도." 나는 술을 놓고, 대신
에 시에라 컵을 들었다. 3분의 1 정도 남은 커피는 완전히
식어 밍밍했고, 향기도 무엇도 없었다.

"집에 가야 해. 내일 출근하게 됐어."

말하면서 더듬거린 탓에 이 거짓말이 간파당했음을 분
명히 느꼈다. 은어가 구워지는 냄새가 코를 찔렀다. 뭔 소
리야 하며 히아사는 중얼대며 욕을 했고, 나는 히아사가

여전히 들어 올린 채 움직이려 하지 않는 종이컵에 내 커피 컵을 억지로 갖다 대고 건배를 마쳤다.

"신경 쓰지 말라구. 네 홉 정도는 한순간에 비울 테니."

히아사는 갑자기 일어나서 자동차 쪽으로 걸어서 사라졌다. 직장에서 바로 달려왔는지 검은 정장에 구두를 신어서, 푸르스름한 어둠 속에서도 한층 더 검었다. 어둠 속을 걷는 그림자 같았다.

건너편 기슭의 선로 위로 열차가 달렸다. 화물이 아니라 2량짜리 차량이었다. 차라리 저걸 타고 작은 역 근처의 어디 적당한 선술집으로 가서 데운 술이라도 들이켜고 싶은 기분이었다.

큰 소리로 강변의 돌을 차면서 히아사가 모닥불로 되돌아왔다. 양손에 각각 한 되들이 청주 팩을 들고 있었다. 둘 다 남부비진 보통 등급*이었다. 안 그래도 불안정한 테이블 위로 팽개치듯 던져 놓은 두 병의 술을 보고, 내 기

---

* 일본의 주조업체 남부비진[南部美人]에서 생산하는 명품 술로, 주조 방법에 따라 여러 등급으로 나뉜다.

분도 조금 휘청거렸다. 하지만 그래도 집에 가겠다고 고집을 부렸다. 거의 오기가 났던 것이다.

은어가 다 익어 접시 위에 꼬치째 차례로 올려지자 나는 거의 기계적으로, 그래도 결국 네 마리를 먹었다. 식사 중에도 어색한 침묵은 계속되고 있었다. 히아사는 맨 처음 구운 한 마리만 배를 베어 먹고, 알이 별로 안 들었다고 중얼거리고는 전혀 입에 대지 않은 채 오로지 술만 자작으로 마시고 있었다. 이윽고 유목이 다 타고 히아사가 그냥 보통 장작을 더 집어넣기 시작했을 때, 다리 옆으로 경트럭 한 대가 미끄러지듯이 내려왔다. 모닥불 바로 옆을 속도를 줄이지 않고 지나치더니 짐니와 비츠 사이에 정차했다.

"어이." 한 팔을 들면서 연배가 있는 남자가 내렸다.

"이노우에 씨가 왔네." 혼잣말처럼 히아사가 중얼거렸다.

"어이구, 자네들 거나하게 마신 모양이구먼." 체구는 작아도 다부지고 건강해 보이는 몸집이 트레이닝복에서 느껴졌다.

"아직 9시밖에 안 됐는데."

이노우에 씨는 술잔을 기울이는 동작을 섞어 가면서 활달하게 웃으며 모닥불 쪽으로 다가왔다.

"완전히 취했나?"

"아니요. 취한 사람 없어요."

히아사는 그렇게 대답하고 오로지 이 노인을 이야기 상대로 삼아 본격적으로 마시기 시작했다. 히아사는 노인에게 의자를 양보하고 모닥불 앞에 재킷을 깐 다음 그 위에 양반다리를 하고 앉았다. 양동이 속에 불을 비춰서 산천어만 골라 꺼내더니, 배를 나이프로 갈라 물결 모양으로 꼬치에 꽂았다. 민물고기는 산천어밖에 못 먹는다고 이노우에 씨가 변명처럼 말했다. 나도 가볍게 자기소개를 하고, 가져온 피클 병뚜껑을 열고 그중 하나에 이쑤시개를 꽂아 그에게 권했다. 그는 한입 베어 물더니 시다며 얼굴을 찌푸렸다.

"그렇죠? 우리는 이런 물 건너온 음식은 안 먹는다니까." 히아사는 이노우에 씨가 가져온 볶은 콩 봉지를 열고 접시에 와르르 쏟아 비우더니 "이게 훨씬 맛있지" 하고 큰 소리를 내고는 콩을 씹어 먹으면서 불 속을 빤히 바라보며 고개를 끄덕였다.

밤이 깊어 갔다. 이노우에 씨는 성격이 아주 싹싹했다. 들으니 니노헤[二戸]* 출신이라고 한다. 이 지역 특산주라고 늘 마시는 남부비진을 주저 없이 자작하며 벌컥벌컥 들이켜고 있었다. 한때는 사슴 사냥에 열중했었다고 하는데, 이와테 현 남부의 산과 계류도 잘 알았다. 이야기 중간에 이와이즈미의 마쓰타케 산 입산과 관련된 실수담이며 최근 산리쿠[三陸]** 지방에서 빈번히 발생하는 덫으로 인한 사고 얘기 등 흥미로운 이야기가 나왔는데, 유감스럽게도 사투리가 심해서 나로서는 반밖에 알아들을 수가 없었다. 이따금 술을 따르려고 노인이 청주 팩을 기울이는 것을 내가 고사할 때마다, 히아사는 일일이 나를 놀리며 이 자식은 못써, 술을 못 마셔요, 라며 거듭 말했다.

샤워를 하고 부엌으로 돌아오니 머그잔 속의 얼음이 거의 녹아 진한 미즈와리(みずわり)***가 되어 있었다. 조금 유치했었나 하고 후회가 밀려온다. 얼음을 더 넣고 버번을

따른 뒤에 젓가락으로 몇 번 휘휘 저어 섞었다. 대면식 개수대 너머에 식탁을 대신하는 작업대가 있고, 그 너머에는 거실이 보인다. 창가에 둔 재스민 화분이 거실 스탠드 조명의 빛을 받아 여러 겹으로 잎 그림자를 만들고 있다. 다른 사람이 키우던 것을 물려받은 지 벌써 5년이 넘었는데 아직 꽃이 핀 적은 없다. 바닥에 깐 인조 양털 러그는 고급 제품인데, 이와테로 올 때 무리해서 샀다. 텔레비전에서는 아까 그 프로그램의 엔딩 크레딧이 흐르고 있었다. 소파 팔걸이 부근에 담요가 둘둘 말린 채 놓여 있는 것이 조명 때문에 중형견이 잠든 모습처럼 보인다.

버번에 입을 대고 나서 나는 뒷정리를 하기 시작했다. 딱 봐도 아웃도어 초보자가 사 모을 것 같은 티타늄 접시를 철 수세미를 사용해서 박박 닦았다. 용돈이 풍족하니 쉽게 사들였을 GSI 사의 야외용 커피메이커를 씻어 물

* 이와테 현 북부에 위치한 도시.
** 일본 혼슈 최북단에 있는 아오모리 현[青森県]부터 이와테 현, 미야기 현으로 이어지는 해안 지방을 일컫는다.
*** 물을 탄 위스키.

51

기를 뺐다. 버너와 램프는 현관 옆 수납장에 넣었다. 특히 본사와 같은 대우를 받는 주재원이라면 카드든 뭐든 망설임 없이 결제하고 틀림없이 매우 만족해할 만한 양가죽 오리털 조끼는 옷장 앞쪽에서 안쪽으로 이동시켰다.

특별히 하고 싶은 일 같은 건 아무것도 없었다. 그저 어설프게 값싸고 속물적인 분위기가 떠도는 거실에서 편하게 쉴 기분이 나지 않았다. 침실 책상에 앉아, 집을 비울 때도 전원을 켜 놓는 컴퓨터를 열고 메일을 썼다. 단 몇 줄로 끝낼 생각이었는데, 두세 문단이 되고 구두점이 마구 찍히더니, 마지막에 한 줄을 띄운 후에 맺음말 인사를 다 치고 나서 글자 수를 확인하니 대략 2천 자가 넘었다. 이런 요란스러운 글을 출장지에서 피곤한 상태로 받는다면 가즈야가 아니라 그 누구라도 참을 수 없을 것이다. 바쁠 텐데 메일을 줘서 운운하며 시작되는 첫머리의 두 문장이 오늘 아침에 휴대전화로 보낸 메일의 내용과 크게 다르지 않다는 것을 우선 깨달았다. '답장 필요 없음'이라는 제목도 신경이 쓰인다. 대놓고 답장을 달라고 조르는 거나 진배없다.

다 입력한 메일은 발송하지 않고 삭제한 후 메일 창을 닫았다. 모니터의 시각을 확인하니 22시 57분. 아직 그렇게 비참함만 과장되어 보일 시각도 아니다. 충전 케이블을 매단 채로 '연락처'에서 소에지마 가즈야의 이름을 찾았다. '그룹 지정 없음' 폴더에 옛 지인들과 한꺼번에 저장해 두었을 터였다.

"놀랐어, 너무 갑작스러워서." 기억 속의 모습과 맞지 않는 부드러운 여자 음성이었다. "뭐, 모든 게 대개 갑작스럽게 일어나지."

헤어지기 직전의 여름이었던가, 성전환수술을 받을 생각이라고 가즈야가 공언했던 것을 기억해 냈다.

"괜히 반가워서. 특별한 용건은 없어. 그러니까 별 의미 없는 전화야."

"무슨 그런 말을 해."

저쪽에서도 뭔가 마시고 있는 걸까, 오랜만에 듣는 편안한 여자 음성이 기분 좋았다.

"용건 없이 연락하면 안 되는 거야? 내가 아침에 보낸 메일도 의미 없는 거였는걸."

"그러고 보니까 거기에 대한 반응인 거네. 네가 보낸 메일이 계기가 돼서 이 시간까지 사라지지가 않아서. 결국은 이렇게 전화를 하고 있잖아."

"나도 그런 것 같아서 받았어."

센다이에는 어젯밤에 도착했고, 호텔 근처에서 우설 구이를 먹었는데 넓은 가게 안에 혼자 밥 먹는 사람은 자기 혼자였고 맛도 그렇게 특별하다는 생각은 안 들었다. 낮에는 지점의 영업 사원들과 동행해서 프레젠테이션 두 건을 마쳤다. 오후 영업 회의 사이에 그곳의 경리부장이 원조 중화 냉면집이라는 곳에 데려가 줬다. 내일은 정오 전까지 도쿄로 돌아가서 보고서를 제출하면 퇴근할 수 있다. 겨우 1박이고 원래 당일치기도 가능한 출장이기는 한데, 그래도 선물을 돌려야 할까. 사사카마 어묵도, 즌다 떡도 잘 상한다고 하더라. 그래도 냉장고에 넣어 둘 테니까 월요일까지는 괜찮을 거 같은데 어떨까. 무난하게 과자 같은 걸 사 가야 할까. 아니면 하기노쓰키 과자나.

그렇게 입이 짧던 가즈야한테서 이렇게나 많은 먹거리 이름들이 튀어나오는 것이 의외였다. 예전에 다니던 전자

부품 제조 회사가 아닌 도쿄의 이벤트 회사에 근무하고 있다는 소리에도 깜짝 놀랐다. 달그락 하고 이에 뭐가 닿는 소리가 나기에 물어보니,

"맞아, 나도 마시고 있어. '효케쓰[氷結]'란 술이야." 웃으며 대답했다.

"혼술이냐. 하긴, 나도 그래."

"너무 전형적이라서 바로 그려질 거야. 비즈니스호텔의 거울 달린 책상 앞, 둥근 의자에 앉아 있거든. 샤워하고 바로라서 지금 맨발인데 카펫이 깔려 있어서 꽤 기분이 좋아. 물론 텔레비전도 의미 없이 켜 놨어."

"졸리기는 한데 머리카락이 아직 젖었고."

"심심해서 '치자'인가 치즈 과자 같은 거 집어 먹고 있어. 그래서 속이 쓰려. 아, 잠깐 미안."

가즈야는 한참 기침을 했다. 괜찮은지 물으면서 충전 케이블을 빼고 침실에서 나왔다. 개수대 위에 그냥 놓아뒀던 머그잔을 손에 든다. 온더록은 다시 진한 미즈와리가 되어 있었다. 침실로 돌아가지 않고 그대로 소파에 앉았다. 이제는 거실에 있느라 쓸데없이 노력하지 않아도 되었다.

"여기 방 값 말야, 오늘 밤은 아마 경비로 처리할 수 있는데 어제는 완전히 내 맘대로 묵은 거거든. 자비로 내야 해."

"아침 일찍 허둥지둥 시내로 나가고 그러는 거, 잘 못할 것 같은데."

"그래. 맞아. 잘 아네."

음악이 멈추었다. 한밤중이라 음량은 나름대로 줄여서 틀었는데도 화려한 영화 음악이었기 때문에 연주가 끝나자 방에서 색채가 하나 빠져 버린 것처럼 느껴졌다. 추워져서 담요를 끌어당겼다. 소리만 줄이고 계속 켜 두고 있는 텔레비전을 끌 마음도, 일어서서 CD를 바꿔 틀 마음도 들지 않았다. 이와테에서 생활한 지도 다음 달이면 벌써 3년째가 되는데, 어쩌면 일종의 한계가 나에게 찾아온 것일까. 아까 가즈야와 통화하는 동안 무심결에 푸념 섞인 말이 흘러나왔다. 여기에는 친구도 없고 겨울이면 마음이 우울하다고. 이 한마디에 가즈야는 민감하게 반응했다.

"이것저것 너무 비교하는 것 아니야?"여전히, 라고 덧

붙이고 싶은 듯 함축된 의미를 담은 말투였다. "나도, 이렇게 혼자 용쓰며 사는 게 힘들다는 걸 최근에 실감할 때가 많은걸."

"그래도 낚시도 하고, 나름대로 즐기고 산다."

"근데 3년 지나면 복귀할 수 있는 거잖아? 앞으로 1년만 참아."

그 문제는 자주 머릿속에 어른거린다. 회사에서 확실한 임기를 알려 준 것은 아니다. 그러나 선배 사원들의 동향을 종합해 볼 때, 누구나 판에 박힌 듯이 3년이 지나면 본사로 돌아갔다. 개중에는 그동안 잘 맞았는지 주재지 근무를 계속하겠다고 인사부에 희망하는 사람이나 그 지역으로 전직하는 사람도 소수이기는 하지만 있었다.

후지요시 선배도 그중의 한 사람이었다. 입사 이래 2년이나 나를 이끌어 주었던, 단순 교육 담당 이상의 은인이었는데, 삼십 대 중반에 나가노[長野]의 마쓰모토[松本]시에 있는 계열사로 이동한 후로 완전히 그 지역에 뿌리를 내려서 지금은 부부가 할인 매장을 경영하고 있다.

그런 식으로는 될 것 같지 않다고, 환기구의 그물망으

로 사라지는 담배 연기를 바라보며 생각했다. 미즈와리를 다 마시고 한 손으로 적당히 머그잔을 헹군 후에 식기 건조대에 엎었다. 형광등이 사용된 곳은 이 부엌뿐이라는 것을 이때 처음 알아차렸다.

개수대에 놓은 종이봉투에서 키르슈 병 입구가 보였다. 뚜껑을 돌리자 진한 체리 향이 났다. 병나발로 한입 맛을 보고 냉장고 하단에 눕혀 두었다. 히아사는 이게 급이 낮은 술이라고 했지만 그 의견에는 전혀 동의할 수 없다. 다만 산란기 은어 알의 풍미와 어울리지 않는다고는 나도 느꼈다.

3

'다음 사람'과의 관계에는 조금 배려가 필요했다. 비 오는 날은 방수용 커버 위에 비닐을 씌워 신문 투입구에 끼워 놓는다. 강풍이 불어 눈이 층계참 중간까지 들이치는 날에는 인터폰으로 본인을 불러내어 직접 건넨다.

이 저층 아파트에서 돌려 보는 회람판은 건물 입구에 모여 있는 우편함에 넣어 두는 것이 암묵적인 규칙이다. 1층과 2층에 각각 여덟 가구. 총 열여섯 개의 작은 스테인리스 박스가 위아래로 여덟 개씩 정렬되어 있다. 그중 몇 장의 문서를 훑어보거나 아니면 읽지도 않고 옆의 우편함으로 넣는다.

하지만 '다음 사람'은 나에게 그러한 방식을 허용하지 않는다. 한 달에 한 번이나 경우에 따라서는 두 번 정도, 1층 남동쪽 끝에 있는 계단으로 올라가 2층 북서쪽 맨 끝에 있는 집까지 나는 회람판을 갖다주러 간다. 스즈무라 씨는 벌써 여든 살이 넘었을 테니, 나한테는 할머니뻘이다. 이 건물 소유주의 누나인지 여동생인지라고 했던 것 같은데, 지역의 봄 청소 행사 때 풀베기를 하면서 한 팀이 된 누군가한테서 들어 놓고는 잊어버렸다.

그렇지만 처음으로 그녀가 우리 집을 찾아왔을 때의 인상은 분명히 각인되어 있다. "안녕하세요?" 문을 열어 주자마자 바로 이렇게 중얼거리며 깊숙이 고개를 숙였다. 11월 밤의 일이었다. 한순간 종교 집단의 포교 활동인가 하고 긴장했을 정도였다. 복사뼈까지 덮는 짙은 감색 원피스에 흰 앞치마. 숱이 적은 머리카락을 보충하기라도 하듯 검은 원통형 모자를 쓰고 있었다. 자신의 우편함은 상단 가장 바깥쪽에 있어서 비가 오면 회람판이 젖어 버린다, 수고스럽더라도 다음부터는 꼭 신문 투입구에 넣어 달라는 부탁을 받았을 때에는 이를 어쩌나, 뭐 이런 성가신 할머니가 다 있나 싶었다.

그렇지만 이 아파트에는 인접한 건물이 없어서 2층 신문 투입구에도 풍향에 따라 어느 정도 비가 들이쳤다. 어느 비 오는 날 아침, 신경을 쓴답시고 커버 위에 비닐 봉투를 씌워 두었더니 그날 밤에 인사를 하러 왔다. 이렇게 신경을 써 주니 진심으로 감사합니다, 하며 깨끗한 표준어로 말했다. 한 번 이런 수고를 생략하고 우편함에 직접 넣고 만 적이 있다. 갑작스러운 휴일 반납 연락을 받은 직후라서 나도 약간 방심하고 있었다.

"이렇게 마구 넣어 부리마, 내보고 어짜라고!"

꾸물꾸물 어두컴컴하게 흐린 초여름 어느 날이었는데 오후에는 세찬 소나기가 내렸다. 그날 밤에는 폭삭 젖은 회람판을 손가락 끝으로 집어 들고 나타나서 격분하는 노파에게 나는 어쩔 도리 없이 손이 닳도록 사과했다. 서슬이 시퍼래서, 도저히 그 나이라고 생각되지 않을 만큼 목소리가 컸다. 그 후로 나는 스즈무라 씨를 요주의 인물로 보고 그전처럼 이름이 아닌 '다음 사람'이라고 속으로 부르고 있다.

엔진을 끄고 무심히 쳐다본 백미러에 다음 사람인 스즈무라 씨가 우편함에 한 장 한 장 뭔가를 차례로 넣는 것이 비쳤다. 그 작업이 끝나는 것을 다 보고 나서야 차에서 내려 우편함 속의 종잇조각을 들고 방으로 들어갔다. 담배에 불을 붙이고 형광등 불빛 아래에서 읽어 보았다. 힐끗 읽어 보고 안심이 되며 맥이 빠졌다. 신문 투고란에서 잘라 낸 기사를 복사한 것 같았다. 투고자는 N초등학교 6학년, 다카하시 에루나. 제목은 '3월 11일에 있었던 일'이다.

지진 재해가 있던 밤에 자신이 무엇을 하고 있었는지에 대한 담담한 묘사로 시작해서 그 후에 이어지는 며칠간의 사건과 함께, 연안의 쓰나미로 인한 희생자의 추도와 복구에 대한 기원을 곁들이면서 담백한 문장으로 적고 있었다. 죽 읽어 보고 잘 쓴 글이라고 느꼈다. 국어가 특기이고 부담 없이 교무실에도 드나들 만한 밝은 아이일 거라고 생각하며, 잠깐 그 얼굴을 상상해 보았다. 수도꼭지를 비

틀어 물을 살짝 틀고 싱크대에 남은 물방울에 담배 끝을 가볍게 담근 후에 옷을 갈아입으러 침실로 갔다.

스즈무라 씨가 왜 이것을 배포했는지는 그냥 알 수 있었다. A4 용지 여백에, 짐작건대 검정색 중필 사인펜으로 'I일보 4월 7일 조간에서 발췌. 에루나는 내 옛 제자의 딸입니다'라고 적혀 있었기 때문이다. 구석에 조금 더 작은 글씨로 작성자 스즈무라 사나에라는 서명이 있고, 아래에 스탬프 도장으로 날인까지 해 놓았다.

그 사람이 예전에는 교사였다는 점, 지금까지도 그 사실에 자부심을 갖고 있다는 점, 그 어느 것에도 나는 특별히 주의를 기울이지 않았다. 다만 이런 사소한 일까지도 이웃 사람들에게 떠들고 다니지 않고는 못 배기는, 아마도 외로움에서 오는 자제력의 쇠퇴와 나아가 이러한 화제를 직접 말로 전달할 상대가 없는 고독한 삶이 남의 일 같지가 않았다.

이제 곧 필요 없을 거라고 생각해서 춘분 즈음에 마지막으로 기름을 넣었던 팬히터에서 등유가 떨어졌다는 알람이 울렸다. 얼른 냉온풍기로 난방을 했다. 의자 등받이에 걸쳐 둔 플리스 판초를 카디건 위에 겹쳐 입고 노트북 전원을 켰다. 지진 재해가 발생한 날부터 꼬박 이틀 동안, 복구 후에도 산발적으로 정전이 됐던 경험 때문에 가전제품 스위치를 최대한 꺼 두는 습관이 붙었다. 컴퓨터 말고도 텔레비전이나 오디오의 전원도 부지런히 끄게 되었다. 방 여기저기에 설치했던 발치의 무드 램프는 전부 치워서 창고에 보관하고 있다.

메일함을 여는 동시에 서버에 네트워크가 연결되어 수신이 시작된다. 오늘도 역시 새 메일이 한 통 도착해 있다. 어디에서 내 메일 주소를 알았는지 대학 졸업하고 한 번도 본 적 없고 얘기를 나눈 적도 없는 친구한테서 안부 연락이 온 것이다. 지진이 있고 나서 열흘째 즈음이 절정이었다. 가족이나 친척한테 연락이 오는 것은 그렇다 쳐도, 예전 동료나 후배한테서 메일이 온 것은 의외였다. 이참에 예전 지인들과 교류를 다시 시작하려고 나도 부지런히 답장을 보냈다. 분명히 지진은 강력했지만, 다행히 모리오카 시는 큰 피해는 적었다고 알렸다. 하루에도 여러 번, 때로는 상당히 강한 여진이 있고, 그럴 때마다 그날이 떠오른다고도 써서 보냈다. 한편 모리오카에 관해서는 엉뚱한 인식을 가진 사람도 많아서 아오모리 현이 아니라고, 같은 이와테 현이라도 한참 내륙 지방에 있어서 쓰나미는 오지 않는다고 지리적인 설명도 해야 했다.

가즈야한테서도 지진이 일어난 후에 바로 전화가 왔다. 다만 그 가을밤 이후로 가즈야와는 한 달에 몇 번씩 서로 연락을 하고 지냈기에, 다른 급보와는 달리 의외라는 느낌은 없었다. 여동생한테서도 몇 번인가 전화가 왔다. 언젠가 목소리가 굉장히 피곤해 보여서 물어보니, 모리오카보다 오히려 도쿄가 여러모로 더 불편한 상황 같았다. 편의점에도 마트에도 일용품이 부족해서 큰일이라며 한바탕 한탄을 했다. 필요한 물건 목록을 알려 주면 보내 주겠다고 하자 정말이냐며 들뜬 목소리를 내더니 그래도 사양을 하기에, 이쪽의 피해가 얼마나 가볍게 지나갔는지 조금 과장해서 설명을 해 주어야 했다.

다음 날 오후 휴식 시간에 메일을 확인하다 보니 여동생한테서 온 '구호물자 희망 목록'이 DM 사이에 섞여 도착해 있었다. 열여덟 롤짜리 화장실 휴지. 그리고 다섯 개들이 각티슈 한 팩. 회사는 어디 것이든 상관없는데, 화장실 휴지는 두 겹으로 부탁한다고 되어 있었다.

연휴가 끝난 직후의 첫 근무는 왜 이렇게 피곤한 걸까. 그날은 오후부터 신입 사원 둘을 데리고 시내 곳곳의 의료 시설을 원 없이 돌았다. 회사로 돌아와서 책상에 앉아 필요한 서류 작성 방법을 알려 주고, 간단한 부수 업무에 대해서도 한차례 지도했다. 오후 7시가 지나서야 업무에서 해방되어, 연결 통로에서 담배 한 모금을 피운 후에 출퇴근 카드를 찍고 주차장으로 나왔다.

최근에는 항상 자가용으로 통근하고 있었다. 한번은 버스 주행 중에 커다란 여진이 닥치자 승객 한 명이 이성을 잃는 소동이 일어나서 엄청 지각했다. 주머니에서 자동차 열쇠를 더듬어 찾는데 등 뒤에서 누가 불렀다. 주차장 입구 근처 울타리 너머에 통통한 사람 모습이 보였는데 파트타임 근무자인 니시야마 씨였다. 늦게까지 시간 외 업무를 하나 보다 하고 생각했을 뿐, 그 이상의 다른 느낌은 없었다.

"수고 많으시네요." 가볍게 인사를 하고 나서 운전석 문을 열고 자동차 열쇠를 돌려 발진시켰다. 국도로 들어서기 직전의 보도에서 갑자기 헤드라이트 불빛 속에 사람 모습이 들어왔다. 놀라서 브레이크를 세게 밟았다. 아직 교체한 지 얼마 안 된 여름용 타이어가 닳았겠다 싶어 오히려 그게 더 조바심 났다.

"저기, 지금 퇴근, 하시는 거죠?" 잰걸음으로 운전석까지 돌아온 니시야마 씨는 조급하게 물었다. 출차구까지 먼저 오려고 서둘렀는지 입김이 하얬다.

"지금 시간 좀, 내줄 수 없어요?"

검푸른 밤하늘의 낮은 곳에, 깎은 손톱 같은 달이 하얗게 떠 있었다. 4번 국도에서 부산하게 차선을 바꾸려는 미등 바로 뒤를 내 차가 쫓는다. 도중에 눈에 들어온 패밀리레스토랑이나 맥도날드 같은 패스트푸드점을 다 지나치고, 이윽고 국도에서 곁길로 들어간 통나무집 스타일의 베이커리에서 니시야마 씨의 경차 탄트가 멈췄다.

"그냥 커피로 시켰어요."

중고층 아파트로 둘러싸인 이 가게 주변은 폭이 약간 좁은 데다 보행자도 많아서 내가 주차하느라 시간이 지체되는 사이에, 니시야마 씨는 외부 계단을 뛰어 올라갔다. 권하는 대로 고구마 데니시를 우물거리며 먹고 있는 동안 니시야마 씨는 시나몬 롤을 세로로 반으로 갈라 냅킨에 올리더니 "그럼 이야기할게요" 하며 손에 든 반쪽을 앞니로 조금 베어 먹고, 한숨을 내쉬었다.

"과장님은 죽었을지도 몰라요."

우선 나는 입안에 있는 데니시를 전부 삼켰다. 이 여자가 말하는 과장님이란, 현재 과장직에 있는 쉰 살 정도의 그 인물이 아니라, 히아사 노리히로를 말하는 것이다.

"그게 무슨 말입니까, 제대로 두서 있게 설명을 해야죠." 낮에 신입 사원 교육을 했던 여운이 남았는지 고압적인 큰 소리가 나왔다. 가게 안을 둘러보니, 빵이나 종이컵을 든 손님들의 손이 모두 멈춰 있었다. 나는 내 무례함을 사과했다. 니시야마 씨는 고개를 가로저으며 "괜찮아요, 누구든 안 그러겠어요." 시나몬 롤을 한입 더 베어 물며 중얼거렸다. "갑자기 이런 소리를 들으면."

상대방이 커피를 홀짝이는 것을 보고 나도 덩달아 조금 마셨다.

"과장님이 상조회 일을 하는 거, 곤노 씨도 알았어요?"

"그건, 네. 마침 작년 창립기념일 전후였는데, 갑자기 본인이 찾아와서."

그래서 8월의 마지막 날 상황을 이야기하자 니시야마 씨는 자신은 6월이었다고, 10월에는 남편 몫까지 추가로 가입했다고 말했다. 모두 장례 플랜이라고 했다. 그녀는 연말에 한 번 더 히아사한테 연락이 왔고, 이번이 마지막이라고 하기에 장녀 몫으로 성인식 플랜을 계약했다.

"설날에 다시 과장님 휴대전화로 전화가 왔어요. 감사 인사를 하고 싶다고 하기에 나갔는데, 라면을 먹고 나서는 한 계좌만 더 들어 달라고 부탁을 하더군요. 약간 주저하다가 결국 거절했어요. 작은딸은 이제 겨우 중학교 1학년이거든요."

하지만 그게 무슨 상관인가 하고 조급해하는 내 기분을 알아차렸는지 니시야마 씨는 손을 들어 내 시선을 가로막았다.

"알아요. 지금 제대로 얘기를 할게요"라고 하더니 입을 다물어 버렸다.

"어서요." 나는 재촉했다.

히아사한테 돈을 빌려주었다고 했다. 새의 발처럼 손가락을 세 개 펴면서 30만 엔이라고 했다. 둘째 딸의 상조회 가입을 거절한 그다음 주의 일이라고 했다. 2월에 본가에서 나오게 되어 급하게 돈이 필요하다며 히아사는 거의 엎드리다시피 사정을 했다고, 자기가 오늘 나를 기다린 것은 그때 히아사가 했던 방법을 흉내 낸 것이라고도 덧붙였다.

내년부터는 보너스도 나올 거라고, 가을에는 틀림없이 갚을 수 있다고 했단다. 물론 니시야마 씨도 그 말을 곧이곧대로 믿은 것은 아니겠지만 아마 부모 같은 마음으로, 부탁받은 금액보다 5만 엔을 더 빌려주었다. 그런데 대지진으로 상황이 바뀌었다. 쓰나미로 살 집을 잃은 연안 지역의 친척이 신세를 지게 된 것이다.

"이래저래 돈 들어가는 데가 많아져서요. 조금이라도 좋으니 지금 갚아 주면 큰 도움이 되겠다 싶어서, 과장님 휴대전화로 전화를 했는데 연결이 안 되더라고요. 나도 그때는 열이 좀 받아서 회사에도 전화를 했어요."

"모토미야[本宮]*에 있는 사무소예요? 구로이시노[黑石野]**에도 소속 회관이 있을 텐데."

모토미야예요, 니시야마 씨는 고개를 끄덕이고 나서, "십 대같이 어리바리한 느낌의 아가씨가 전화를 받더군요. 갑자기 히아사 씨가 행방불명이라는 말을 하는 거예요. 숨겨 주는 거라는 생각에 그 아가씨한테 따져 물었더니, 갑자기 상사를 바꿨어요. 실례지만 무슨 관계냐고 문기에, 얼른 애인이라고 대답했어요."

걱정되는 마음은 이해하지만 댁만 그런 게 아니다, 연안 지역에서는 행방불명자가 여럿 나오지 않았느냐, 모두 기도하는 마음 아니겠느냐, 그렇게 니시야마 씨는 말했다. 물론 그 상사의 대사를 그대로 읊은 것이다. 그 남자는 이런 말을 덧붙였다고 했다. 혹시 몰라서 드리는 말씀입니다만, 산재 인정은 어려울 겁니다. 그날 히아사

* 일본 혼슈 중북부 후쿠시마 현[福島県] 중앙에 위치한 도시.
** 이와테 현 모리오카 시에 위치한 동네.

는 휴일이라 가마이시[釜石]*에서 한 영업 활동은 완전히 자발적이었고, 회사로서도 완전히 공인되지 않은 업무였으니까요, 라고. 그리고 그 전날에 히아사는 같이 일하는 동료에게는 이렇게 선언했다는 모양이다.

내일은 절대로 빈손으로는 돌아오지 않겠어, 계약을 허탕 치더라도 물고기만은 반드시 낚아서 올 테니까.

나는 자전거 페달이라도 밟는 심정으로 핸들을 쥐고 있었다. 평소 같으면 세 대 정도 충분히 거리를 두는 차간을 좁히고 느리게 가는 차를 추월했다. B 고가 다리에 조금 못 미쳐서, 목장과 과수 연구 시설의 부지를 누비듯 뻗은 곁길로 갔다. 물론 많이 돌아가는 길이다. 일찍 집에 도착하고 싶은 건지 아닌지 스스로도 분명히 알 수가 없었다.

그날 아침 일찍부터 집을 나서서, 오전 중에는 계약을 따내려고 가마이시 시내의 주택가를 돌다가, 하지만 성과가 없거나 아니면 순조롭게 따내고 한숨을 돌린 히아사가 이제부터는 자유 시간이라며 신나서 해안을 따라 차를 달린다. 이윽고 둔치에서 만으로 돌출한 딱 좋은 제방을 발견하고 의기양양하게 원투낚싯대**를 휘두른다. 있을 법한 일이다. 14시 46분. 볼락, 쥐노래미, 문치가자미로 터질 것 같은 아이스박스에 걸터앉아 히아사는 바다를 보고 있다. 문득 엄청난 진동을 발치에서부터 전신으로 느끼고는 일어서서, 일단은 무심코 고개를 들어 하늘을 본다. 가볍게 한번 핥듯이 테트라포트를 시커멓게 적시고 사라지는 약한 파도 소리를 듣는다. 그러나 수십 센티의 그 작은 파도는 저 거대한 쓰나미의 첫 번째 파도였던 것이다. 선착장 부근에 군데군데 정차해 있던 택시는 모습을 감추고 있다. 급발진을 해서 언덕길을 맹렬한 스피드로 달려 올라가는 오토바이도 보인다. 어쩌면 이때 멀리서 도망치라고 소리치던 사람이 있었을지도 모른다. 그러나 히아사의 눈은 망연히 저 먼 앞바다의 한 점을 향하고 있다. 바다 너머로부터 해안선을 가득 메우며 부풀어 오른 방조제가 점점 자신이 있는 곳으

* 이와테 현 남동부에 위치한 도시로. 가마이시 만(灣)에 면한 항구 도시.
** 수십 미터 이상 먼 거리까지 낚싯줄을 던지는 원투낚시를 할 때 사용하는 낚싯대.

로 다가오는 것을 그저 보고만 있다. 그것이 콘크리트 벽이 아닌 거대한 바닷물의 벽이라는 것을 알았을 때에도 히아사의 발은 움직이지 않는다. 오히려 그 자리에 못 박히게 된다. 눈도 깜박이지 않고, 휘둥그레지는 게 당연한 것이다. 그리고 그 순간, 마침내 턱 끝까지 덮쳐 오는 거대한 물의 벽에 닿는다. 항상 수면 부족으로 피곤해 보이면서도 어딘가 의기양양한, 그 어린아이 같은 얼굴이 삼켜진다. 그 최후의 순간까지 히아사는 결코 눈을 피하지 못했을 것이다.

약한 천장조명 불빛 속에서 잠이 깼다.

어젯밤은 아무래도 불을 끌 마음이 들지 않아 그대로 잤다. 침대에서 나와 휴대전화를 손에 든다. 무릎을 폈다 구부렸다 한 후에 양팔을 들고 한껏 기지개를 켰다. 식은 땀으로 흠뻑 젖은 속옷은 갈아입었다. 뭐라도 좋다, 인생에 대해 긍정적이고 싶은 기분으로 막연히 니시야마 씨의 모습을 떠올렸다. 쉰이 내일모레, 혹은 아직 사십 대 중반 정도의 성실해 보이는 얼굴을. 창고 내에서 최고로 일 잘하는 사람의 손과 어깨와 허리의 다부짐을. 특히 히아사와의 관계를 묻는 말에 일언지하에 자신을 애인이라고 과감히 말했던 그 느낌을.

미혼인 삼십 대 남자이기에, 어설프게 엄마로 가장하기보다는 그래도 연인이 더 낫다고 판단한 걸까. 분명 연인이 필요하다, 그것도 시급히. 나에게도, 그리고 히아사에게도.

논밭과 주택을 가르는 작은 강의 둔치 쪽에서 벌초기날의 날카로운 소리가 울렸다. 어쨌든 인생은 외로운 거라고, 아직 동이 다 트지 않은 베란다 난간에 배를 기대며 그럴싸하게 중얼거려 보았다.

하세가와에서도 아미겐에서도 전혀 정보를 얻을 수 없었다. 두 군데 모두 예전에 일을 마치고 돌아가는 길에 히아사를 불러내서 함께 다니던 추억의 술집이다. 쓰루조는 겨울의 한 시기에는 가게에서 제일 큰 단골이었다고 해도 될 정도다. 하지만 어느 가게에 연락해 봐도 히아사는커녕 나에 대해서조차 전혀 기억에 없다는 무뚝뚝한 대답만 돌아왔다.

지금 시작된 것은 아니고, 작년 겨울 초부터 그 성향은 점점 강해져서 19세기 어느 핀란드 작곡가의 음악을 즐겨 듣게 되었다. CD 랙에서 뽑혀 나와 소파 팔걸이에 쌓이거나 혹은 자동차 사이드포켓이나 대시보드에 보태지는 것들 중에 분명 그 CD가 섞여 있었다. 이제야 겨우 나에게도 북방의 기호가 싹트기 시작하나 생각하니 아이러니했다. 그리고 지금보다 훨씬 가시적이었음에 틀림없는 세계에 대한 신뢰감 위에서 구성되는 그 맑고 명쾌한 멜로디가 검은 악보로부터 일어나 나오는 양상에, 히아사가 최후에 받아 내었을 봄 바닷물의 차가움을 겹쳐 보고는 망연해졌다.

그렇다 해도 최후라는 말은 제멋대로인 표현이다. 하지만 텔레비전에는 연일 사망자와 행방불명자의 이름이 발표되고 있었다. 날마다 신문에서 그 부분을 펼쳐 확인하고 밑줄을 긋는다. 충동에 휩싸여, 연결이 되지 않는 히아사의 휴대전화에 전화를 걸어 본다. 그런 나날이 반복되었다.

6월이 되고, 다키자와에 있는 히아사의 본가를 방문했

다. 닥치는 대로 술집들을 찾아갔다가 허무하게 돌아서는 일은 더 이상 하지 않았다. 음식점뿐만 아니라 낚시 가게나 주유소에 들를 때마다 여전히 물어보기는 했지만 히아사를 봤다는 사람은 없었다. 공통의 친구나 지인이 없다는 사실을 새삼스레 실감했다. 히아사가 근무했던 아이싱이라는 회사에는 딱 한 번 전화했을 뿐, 직접 가 보지는 않았다. 아무래도 마음이 내키지 않았던 것이다. 히아사의 아버지를 만나는 것과는 또 달랐다. 아마도 명확한 적의 때문에 꺼려진 것이리라.

비탈 막다른 곳에 있는 단독주택으로, 아직 덜 자란 수유나무와 두릅나무가 섞인 덤불숲이 집 뒤로 펼쳐져 있었다. 눈을 피하기 위한 간이 차고의 기둥에는 쓸린 것 같은 흠집이 나 있었다. 현관으로 통하는 돌계단 옆에 모스그린 색 세단이 보이고, 옆에 한 대를 더 댈 만한 빈 공간이 있었다. 인터폰으로 찾아온 이유를 말하자, 거기에 주차하라는 대답이 흘러나왔다.

밤에 이 근처에서 히아사를 내려 주거나 데리러 온 적이 몇 번인가 있었다. 그렇지만 이렇게 징검돌을 따라 현관까지 가서 안으로 안내를 받은 것은 처음이었다. 삼나무와는 다른 종류의 냄새가 나는 낙엽송을 바닥재로 사용한 비좁은 응접실. 곰팡이를 닦아 낸 듯한 흔적이 점점이 남은 북쪽 벽에는 한 장씩 떼어 내는 달력이 걸려 있다. 그 맞은편에 붓글씨로 '電光影裏斬春風(전광영리참춘풍)*'이라 쓴 모조지 네 귀퉁이를 압정으로 고정해 놓은 것이 기묘하게 내 눈길을 끌었다. 검은 가죽 소파는 쩍쩍 갈라져 있었다. 내 앞에 놓인 커피 잔에 눈길을 주다가 그제야 탁상 라이터를 발견했다. 예전 소년 시절에 가족과 함께 도코로자와[所沢]**에서 살았던 셋집의 광경과 아직 젊었던 우리 부모님의 모습이 함께 되살아났다.

먼저 갑작스러운 방문에 대해 사과하고, 정식으로 내 이름을 밝힌 후에 히아사와의 관계를 설명했다. 처음에는 회사 동료였다가 술친구로, 동시에 낚시 친구로 지냈던 것을 이야기했다. 히아사가 회사를 옮긴 후에도 몇 번쯤 만

* 불교 선종의 용어로 '번갯불이 봄바람을 벤다'는 뜻이다. 인생은 찰나이지만 사람의 영혼은 영원히 사라지지 않음을 의미한다.
** 일본 도쿄 북쪽에 인접한 사이타마 현[埼玉県] 남단에 있는 도시.

난 것이나 내가 그의 고객 중 하나라는 것도 밝혔다. 중간에 어쩌다 나온 단어 하나 때문에 이야기가 샛길로 빠졌고, 히아사의 낚시 스타일과 자연에 대한 풍부한 지식을 회상하면서 말이 길어졌다. 그러다 보니 나도 모르게 9월에 사이가 벌어진 일에 대해서도 말하게 되었고, 이와테에 와서 만나 허물없이 지낸 유일한 친구였다고 털어놓고 있었다.

"직장 사람한테 들었습니다만." 말에 가시가 돋치지 않게 조심하며 내가 말을 꺼냈다. "아직 실종 신고를 하지 않으셨다더군요."

그렇소, 라고 눈꺼풀을 약간 특징 있게 움직이면서 히아사의 아버지가 대답했다. 색이 옅은 다갈색 눈동자를 나도 똑바로 바라보았다.

"아드님이 가마이시에서 재해를 입었을 가능성이 있다는 것은 아십니까?" 이번에는 그가 분명히 고개를 가로저었다. "벌써 석 달이 다 되어 갑니다."

그는 고개를 약간 숙이고 커피를 마셨다. 오랜 세월 공무원으로 윗자리에 있었던 탓인지 은근히 아랫사람을 깔

보는 듯한 짙은 한숨에 나는 반발심을 느꼈다.

"신고를 해야 하지 않겠습니까. 가족으로서, 책임을 다 하셔야지요." 그의 주의를 끌려고 말을 또박또박 끊어 가며 열의가 담긴 어조로 말을 이었다.

"아드님한테서 무슨 소식이 올지도 모릅니다."

"무슨 말인지 알겠소."

긴 침묵 뒤에, 싫어하는 음식을 억지로 삼키기라도 하듯이 그가 중얼거렸다.

"그러면 우정을 봐서라도." 그 말을 남기고 갑자기 자리에서 일어섰다. 아들보다 머리 하나만큼 키가 큰 그가 부엌과 공간을 구분하는 장지문 너머로 사라졌다.

우정이라고, 분명 그렇게 들은 것 같다. 그러나 그것이 누구와 누구의 우정을 가리키는 것인지 정확하게 알 수 없었다. 이윽고 2층 어딘가에서 뭔가 무거운 짐을 끌어당기고, 작은 물건들이 바닥에 흩어지는 소리가 들려왔다. 한참이 지나서 한 계단 한 계단 삐걱거리는 계단 소리와 함께, 두꺼운 프란넬 셔츠 소매를 걷어 올린 히아사의 아버지가 기침을 하며 모습을 드러냈다. 커버가 있는 얇은

파일을 겨드랑이 밑에 끼고, 손에는 유리로 된 커피 주전
자를 쥐고 있었다. 꼭 오래된 찻집의 주인 같다는 생각이
들었다.

"이제 내 자식이 아니오." 입가에 씁쓸한 웃음을 띠고
그가 말했다.

"둘째 놈과는 연을 끊었으니까."

그는 일어선 채로 잔 두 개에 커피를 더 따랐다. 파일을
펼쳐 내용에 슬쩍 눈길을 주고 나서는, 그것을 탁 소리 나
게 덮어서 나에게 건네주었다. 나는 테이블 너머로 건네
준 파일을 손을 뻗어 받아 들었다.

파일을 열어 보니 왼쪽에 크림색 두꺼운 종이에 '본 대
학 법학부 정치학과 소정의 과정을 이수하였음을 증명합
니다'라고 적힌 졸업 증서가 끼여 있었다. 출신 대학은 본
인 입으로 직접 들어서 알았지만 무엇을 전공했는지는 몰
랐다. 굵은 붓글씨로 쓰인 히아사의 이름과, 전혀 그와 어
울리지 않는 전공과, 포플린 표지의 감촉과, 나아가 왜 지
금 내가 이것을 보고 있어야 하는지, 하나부터 열까지 생
경한 느낌이 들어 잠자코 있으려니,

"위조한 거라오." 내뱉듯 히아사 씨가 말했다. "정초 댓바람부터 불쾌한 전화가 왔었소."

눈짓과 손짓으로 잇따라 재촉을 받으며 나는 파일을 테이블 위에 펼쳤다. 탁상 라이터가 방해가 되었다.

"아들의 비밀을 쥐고 있다더군."

그는 전화 받침대 서랍을 열고 안에서 팩스 용지 한 장을 꺼내서 그것을 파일의 오른쪽 덮개 부분에 올려놓았다. 종이 질은 완전히 달라도 필적이며 학적 번호를 표시하는 고무도장 숫자 9의 희미한 정도가 왼쪽에 있는 졸업 증서와 완전히 똑같았다.

"과거에 아들의 의뢰를 받고 제작했다더군." 히아사 씨가 말했다. "그 사람은 원본 데이터를 그쪽에서 갖고 있으니 몇 천 장이라도 복제를 할 수 있다면서 샘플을 한 장 보내 왔지. 직장에 알리면 목이 잘릴 거라고 친절하게 조언도 해 주더군."

"대학에 확인은 해 보셨습니까?"

"졸업 증명서 발급을 신청했더니, 얼마 지나지 않아 교무과에서 연락이 왔소. 그런 학생은 과거에도 현재도 없다고 하더군. 도쿄에서 4년 동안 대체 뭘 하고 지냈는지.”

“뭔가를 그, 그 상대방이 요구하던가요?”

“지정된 계좌로 지정된 금액을 이체했소. 다만, 입막음 비용 같은 것이 아니었지. 나는 어디까지나 사례로 지불을 한다고 생각했소.”

“사례금, 이라고요?”

“그놈과 인연을 끊을 결심을 굳혀 준 셈이니까.”

손톱도 안 들어간다는 게 이런 거로구나, 내심 나는 신음했다. 아들과 의절한 이상 아버지로서 고집을 부리는 것도 당연했다. 그러나 이번 경우는 예외가 아닐까. 사적인 감정은 일체 접어 두어야 할 때가 아닌가. 그래서 물고 늘어졌다.

“어쨌든 실종 신고는 하시죠.”

“허나 이제 가족이 아니오.”

“호적은 어쩌시고요.”

“호적상으로도 남이오.”

“그러면 아드님의 사체는.” 일부러 불길한 말을 썼다. “돌아올 곳을 잃어버린 거로군요.”

그 순간 그가 얼굴을 들고 말했다.

"댁도 알 거요, 재난 지역이 지금 어떤 상황인지." 차분한 어조였다. "그 한심한 놈을 위해 나는 누구의 손도 번거롭게 할 마음이 없소." 게다가 잘못 생각하는 듯한데, 하고 히아사 씨는 말을 이었다. 아들은 안 죽었소.

다시 침묵이 찾아왔다. 창가에서 비쳐 드는 햇빛이 이미 내 복숭아뼈를 지나 무릎까지 닿아 있었다. 정원수 사이로 불어온 바람이 레이스 커튼을 크게 펄럭였다. 테이블 위의 팩스 용지가 날아갈 것 같아 반사적으로 내가 용지 끝에 손을 댔을 때였다. 그놈은 네 살 때에 어미를 잃고, 라며 갑자기 그가 말을 하기 시작했다. 나는 노리히로와 당시에 막 중학생이 된 큰아들을 혼자서 키우게 됐지. 큰애도 한창 예민할 나이였지만 아직 어린 노리히로를 가엾게 여겼소. 동아리 활동이 끝나면 학교에 들러 제 동생을 데려오는 게 일과였지. 노리히로도 가오루를 잘 따랐던 것 같소. 엄마가 보고 싶다고 울지도 않았고 말도 안 되는 떼를 쓰며 주위 사람을 힘들게 하지도 않았지. 그놈이 무사히 유년기를 넘긴 것은 형이 잘 보살폈기 때문일 거요. 어린 노리히로에게 형은 그야말로 엄마 같은 존재였을 테니까. 반면에 나는, 조금 소리를 높여 히아사의 아버지가 말했다. 둘째 놈과는 전혀 대화를 하지 못하는 아비였지. 특별히 내가 노리히로에게 냉담했다고는 생각하지 않소. 밥은 되도록 같이 먹으려고 신경을 썼고 눈이 마주치면 꼭 말을 걸었지. 그런데 무슨 말을 해도 반응이 없는 거요. 물어보는 말에 대답은 했소. 태도에도 딱히 반항적인 면은 보이지 않았지. 다만 아무래도 그놈과 나 사이에 보이지 않는 벽이 여러 겹 있다고 할까, 뭐랄까, 깊은 골 같은 것이 있었소. 갑자기 히아사 씨는 말을 끊고 일어서서, 창가로 다가가 유리창을 닫았다. 근처에 있는 방재 무선방송 스피커에서 정오를 알리는 시보가 큰 소리로 울리기 시작한 것이다. 아내가 죽고 얼마 되지 않았을 때였지. 방송이 아직 끝나지 않았는데 히아사 씨는 다시 창문을 열고 말을 이어 갔다. 노리히로를 데리고 근처 공원에 갔을 때였소. 늦가을이라 날도 빨리 저물고 추워졌길래 집에 들어가려고 아들의 이름을 불러 봤지만 대답이 없는 거요. 한참 공원 안을 돌아보는데, 철쭉인지 뭔지가 심긴

화단 뒤쪽이었던 것 같소만, 벽돌이 깔린 인도 끝에 커다란 독일가문비나무가 있고, 그 뿌리 부근에 웅크리고 앉아 있는 아들의 모습을 발견했소. 무슨 놀이를 했던 건지 지금도 잘 모르겠지만 아들 앞에는 거대한 버섯같이 생긴 노란색 아크릴 장난감이 있었소. 거의 수평으로 갈라져 있는 그 버섯갓 위에 여자애들 셋이 뻣뻣하게 서 있는 거였소. 셋 다 아들놈보다 훨씬 나이가 많았는데, 그렇지, 초등학교 4학년 정도 되어 보이는 아이들이었지. 갓 중심에 등을 향한 채 손을 이어 잡고 모두 멍하니 입을 벌리고 있었소. 아들놈은 말이요, 집중해서 뭔가 숫자를 세면서 눈을 반짝이며 여자아이들을 밑에서 올려다보고 있는 거였소. 정말 섬찟했소. 억지로 아들을 안아 들고 얼른 공원을 나왔던 것이 기억나오. 돌이켜 보면 그게 아들과 멀어진 계기였을지도 모르지, 내가 아들한테 명확하게 섬뜩함을 느끼게 되었으니. 깨닫고 보니 나는 다리를 풀고 비스듬히 앉아 있었다. 자세를 가다듬으려고 하는 나를 히아사 씨가 손으로 저지했는데, 정작 그는 슬리퍼를 벗고 소파 위에 양반다리로 앉았다. 그놈에게는 독특한 성향이 있었지. 그는 말을 이어 갔다. 아니, 단순히 숫기가 없는 것에 불과할 수도 있지만, 꼭 한 사람만 만나는 거요. 아주 이른 시기부터 그랬지. 항상 같은 아이하고만 다니나 싶어서 지켜보면, 어느 날 아침에는 다른 아이가 현관에 나타나고 한동안은 그 아이하고만 등교를 하지. 그리고 금세 다른 아이가 나타났다 싶으면 이제 그 아이하고만 붙어 다니는 거요. 어느 아이하고도 오래가지는 않았소. 초등학교는 한 학년에 한 반밖에 없었으니 6년 동안 같은 얼굴들을 봐야 했지. 졸업식을 마치고 교문에서 다른 아이들처럼 선생님하고 사진을 찍거나 추억을 나누지도 않고 나와 함께 바로 집으로 돌아오는 길에 본 아들의 옆얼굴은 마치 이렇게 단언하고 있는 것만 같았소. 그 얼굴들과는 모두 한 번씩은 익숙해졌으니 더 이상은 흥미가 없다고.

말을 쏟아 내다가 갑자기 침묵이 이어졌고, 어느새 몇 분이 지나갔다. 선반 위 나무 탁상시계의 초침이 성마르게 움직이는 소리만이 두드러졌다. 번갯불이 봄바람을 벤다. 깔보듯 냉랭한 흰자위를 이쪽으로 향하고 있는 단정한 그 일곱 글자 해서체가 갑자기 너무나도 편협하고 세속적으로 느껴졌다.

"그게 의절할 만한 일입니까?" 막연한 분노에 휩싸여 내가 말했다. "기껏해야 학력 사칭이 아닙니까, 죄명을 갖다 붙인다 해도."

"어허, 4년이오."

탄식이 갑자기 영탄으로 크레센도 되는 것이 아들과 닮았다.

"4년간 도쿄에 방을 마련해 주고, 다달이 송금까지 해 주고, 반년에 한 번은 학비라고 80만 엔씩 그놈 계좌에 이체했지. 이게 엄연한 횡령죄 아니겠소."

"어떻게 4년이나 알아차리지 못하셨는지."

"믿었소." 미간을 찌푸리며, 신음하듯 그가 중얼거렸다. 사사로운 감정에 휩쓸려 찌푸려진 흔한 남자의 얼굴이었다. "믿는 사람을 배신했소. 그런 부정한 인간이 팔자 좋게 낚싯줄을 드리우고 있는 걸 쓰나미가 삼켰다는 게 뭐 대수란 말이오. 멀쩡한 다른 사람들과 그놈을 같은 실종자 리스트에 올린다고 생각하면 부아가 치밀어 오르오.

성실한 인생에 대한 일종의 모독이지."

그런데 지진이 일어난 후에, 라며 조금 짬을 두고 나서 히아사 씨가 말을 이었다.

"무너진 집과 점포를 물색하고 다니면서 화재 현장에서 설치는 파렴치한 도둑들이 있는 모양이더군. 친족 확인을 하는 척하고 사체에서 금품을 훔치는 패거리들도 있었다고 들었소. 댁은 아무래도 아들놈에 대해서 과대평가를 하고 계신 듯하오만, 애초에 그놈은 그런 부류의 인간이오."

바닥에 낚싯바늘이 하나 떨어져 있는 것을 알아차렸다. 이만, 하며 일어선 그의 그림자가 바늘을 집어 든 내 손가락 위로 차갑게 드리워졌다. "반상회비를 받으러 나가야 해서." 바늘 대가 파랗고 가는 산천어용 바늘이었다. "동반장이거든."

그의 뒤를 따라 현관까지 걸었다. 처음 왔을 때는 체격이 커서 놀랐지만 지금 보니 너무나도 앙상한 노인의 뒷모습이었다.

"그놈을 찾아서 좋을 게 없소. 그만두시오."

내게 등을 보인 채로 히아사 씨는 빠른 어조로 말했다.

"어차피 무슨 사건으로든 그놈의 이름이 신문에 날 거요. 내가 장담하지."

신을 신고 돌아보았을 때 그와 눈이 마주쳤다. 노인은 골이 굵은 코듀로이 바지 뒷주머니에서 누렇게 바랜 종잇조각 하나를 꺼냈다.

"대학 합격 통지서요." 쑥스러워하는 듯한, 다른 뜻이 없는 미소라는 느낌이 들었다. 예의 바르게 종잇조각을 받아 들고는 쓱 읽어 보고 돌려주는데 히아사 씨가 말했다. "이건 진짜요. 고등학교에서는 확실히 확인을 한다더군."

오후에는 햇살이 약해지는 것을 기다려 오이데 강에 갔다. 올해 처음 하는 낚시였다.

작년 여름에 본 그 물참나무는 멋진 그루터기를 남기고 사라지고 없었다. 둑방의 풀꽃은 깨끗이 치워져 길 위에 점점이 마른 풀처럼 퇴적되어 있었다. 밟으니 안에서 메뚜기 유생이 끝도 없이 튀어나왔다.

"아들은 안 죽었소."

도망 다니는 메뚜기 무리 사이에서 산무애뱀 새끼가 기어 나왔다. 지진 재해 후 얼마 되지 않았을 때였던가, 영업이 중단된 가마이시 시내의 어느 은행 ATM을 쇠지레로 부수려다가 체포된 남자 이름이 조간신문에 났다. 막대로 찔러도 새끼 뱀은 전혀 움직이지 않았고, 나는 히아사가 그 남자의 동포라는 것에 든든함을 느꼈다.

깊은 못에서는 첫 낚시부터 입질이 왔다. 상류로 움직이는 게 아니라 자꾸 바닥으로 가라앉는 것 같은 애매한 당김새였다. 다시 그 황어와 재회하게 되나 하고 쓴웃음을 지었지만, 낚아 올린 물고기는 무지개송어였다. 아감딱지에서부터 꼬리자루에 걸쳐 짙은 담홍색 줄무늬가 있었다. 자연하천에서 번식하는 사례는 혼슈 이남에서는 드물다고 하는데, 누가 방류한 것일까. 어쩌면 상류에 양어 시설 같은 게 있어서 거기서 도망친 개체일 수도 있겠다.

어찌 됐든 집에 가서 인터넷으로 조사를 해 보면 금방 알 수 있을 것이다. 낚시 바구니에 무지개송어를 넣고 손을 닦고는 한참 강가에 우뚝 서 있었다. 갑자기 짙은 권

태가 찾아왔다. 내 발로 직접 확인해 보자고 생각을 고쳐 먹고, 낚싯대를 접고서 하루살이가 무수히 수면을 오르내리고 있는 오이데 강을 따라 상류를 향해 걷기 시작했다.

완전하지 않지만 완벽한 이야기

"대단히 우수한 마이너리티 문학이다."

《분가쿠카이[文學界]》 신인상 심사위원인 작가 마쓰우라 에리코가 이 작품에 대해 언급한 심사평이다. 저자 누마타 신스케는 《분가쿠카이》 신인상을 수상하며 화려하게 데뷔했다. 그로부터 두 달이 지나지 않아 같은 작품으로 아쿠타가와상을 수상한다.

일본 문학자인 이시하라 지아키는 아쿠타가와상[芥川賞]에 대해 이렇게 서술한 적이 있다. "중요한 것은 아쿠타가와상에는 어느 소설을 '아쿠타가와상 수상 작품'으로서 역사에 아로새길 소임이 있다는 점이다. 왜냐하면 아쿠타가와상은 시대를 비추는 거울이기 때문이다. 극단적으로 말하자면 아쿠타가와상의 가치는 오로지 여기에 있다.”

일본의 대표적인 문학상으로 아쿠타가와상과 나오키상이 있다. 아쿠타가와상은 순수문학에 수여되고, 나오키상은 대중문학에 수여된다. 프랑스 작가 르 클레지오는 순수문학과 대중문학의 차이를 질문과 대답에서 찾는다. 순수문학은 옳고 그름을 넘어서 그 시대의 아픔과 문제를 잡아내어 독자에게 질문을 하며 고민거리를 안겨 주고, 대중문학과 대중 예술은 질문에 대한 대답을 하며 마음을 풀어 준다는 것이다.

여러 문학상을 수상했기에 좋은 작품이 아니라, 이 시대를 사는 우리에게 가장 중요한 질문을 던지는 작품이기에 눈여겨볼 가치가 있다고 하겠다.

이 작품으로 우리에게 질문을 던지고 있는 작가는 누마타 신스케다. 1978년에 홋카이도에서 태어나 후쿠오카에서 살다 2011년에 이와테 현 모리오카 시로 이사한 후, 모리오카 시에서 학원 강사를 하며 소설을 썼다고 한다. 모리오카는 이 작품의 공간적 배경이기도 하다. 주인공 '나'는 이와테 출신은 아니지만 본사에서 발령을 받고 이와테에 살게 되었고, 청주를 마시고 낚시를 즐긴다. 그런 면에서 작가와 겹쳐 보이는 점이 많다.

작품은 크게 3장으로 구성된다. 1장에서는 이와테로 전근 온 '나'가 '히아사'라는 인물을 알게 되고 함께 낚시를 가며, 새로운 거주지에서 유일하게 마음을 터놓는 사이가 되는 과정을 그린다. 2장에서는 퇴사한 히아사와 재회하고 낚시를 가는 모습과 전근을 오기 전에 헤어진 옛 연인과의 전화 통화를 통해, '나'의 또 다른 모습이 그려진다. 3장에서는 동일본대지진 이후 행방불명 상태인 히아사의 행방을 찾다가 그의 아버지를 방문하고, 거기서 지금까지 몰랐던 히아사의 또 다른 모습을 발견하는 상황이 그려진다.

이러한 구성 속에서 글쓴이는 구체적인 묘사와 섬세한 표현으로 이와테의 자연을 시각적으로 생생히 그려 낸다. 그렇게 사물을 관찰하는 화자의 시선을 따라가며, 읽는 이는 그의 생각과 마음을 살피게 된다. 자연 묘사가 구체적인 데 비해 심리 묘사는 직접적이지 않기 때문이다. 소설이 말하려는 것을 찾으며 따라가다 보면 성적 소수자의 삶과 동일본대지진 이후의 세상에 대한 질문을 받게 된다. 그것이 어떠한 삶인지 어떠한 세상인지는 구체적으로 설명해 주지 않기에, 읽는 이는 질문에 대한 답을 스스로 찾아야 한다. 사회적 약자에 대한 주제는 현대 사회에서 중요하게 다뤄지며, 2011년 3월 11일에 발생한 동일본대지진은 일본 사회를 크게 변화시키는 변곡점이 되었다. 이 소설은 현재 진행 중인 주제에 대한 대답을 주기보다, 읽는 이가 더 많은 생각을 하며 답을 찾기를 권한다. 읽는 이는 완벽한 구성과 묘사 속에서 완전하게 말해지지 않은 것들을 스스로 채우며 답해야 한다. 우리의 독후감이 이 소설을 완전하게 만들 것이다.

이 소설의 제목은 '電光影裏斬春風[번갯불이 봄바람을 벤다]'에서 가져온 것인데, 제목 역시 선문답 같아 우리에게 질문을 던진다. 한자를 그대로 풀어 보면 '그림자의 뒷면'이다. 빛을 받은 사물에 그림자가 지듯 밝은 세상 뒤에는 그늘이 있고, 그 그늘은 어두워서 어쩌면 추악할 수 있다. 이면(裏面)의 이면은 표면(表面)이기에, 우리는 모든 현상의 표리를 합쳐서 이해해야 하지 않을까.

번역을 하면서, 세심한 관찰에서 비롯된 다양한 묘사와 구체적인 사물의 이름들을 그대로 살리려고 노력했다. 줄거리를 따라가는 것이 아니라 화자의 시선을 따라가며 번역했고, 독자 여러분도 그 시선을 따라가며 이야기가 말하려는 것을 찾아내기를 바란다.

끝으로 좋은 작품을 위해 함께 수고하신 편집진에게 진심으로 감사드린다.

손정임

영리

초판 1쇄 2018년 4월 30일

지은이 │ 누마타 신스케
옮긴이 │ 손정임
펴낸이 │ 송영석

주간 │ 이진숙 · 이혜진
기획편집 │ 박신애 · 정다움 · 김단비 · 정기현 · 심슬기
외서기획 │ 박지영
디자인 │ 박윤정 · 김현철
마케팅 │ 이종우 · 김유종 · 한승민
관리 │ 송우석 · 황규성 · 전지연 · 채경민

펴낸곳 │ (株)해냄출판사
등록번호 │ 제10-229호
등록일자 │ 1988년 5월 11일(설립일자 │ 1983년 6월 24일)

04042 서울시 마포구 잔다리로 30 해냄빌딩 5·6층
대표전화 │ 326-1600 **팩스** │ 326-1624
홈페이지 │ www.hainaim.com

ISBN 978-89-6574-653-9

파본은 본사나 구입하신 서점에서 교환하여 드립니다.

이 도서의 국립중앙도서관 출판예정도서목록(CIP)은 서지정보유통지원시스템 홈페이지
(http://seoji.nl.go.kr)와 국가자료공동목록시스템(http://www.nl.go.kr/kolisnet)에서 이용
하실 수 있습니다.(CIP제어번호: CIP2018009755)